中学生名师导读文库

呐喊

鲁迅 著
凌晟 导读

作家出版社

"中学生名师导读文库"丛书总序

翁 莉

教育部最新版《语文课程标准》提高了对阅读量、阅读面以及阅读深度的要求。阅读成为语文学习的重中之重，更成为其他学科一个很重要的学习基础和学习能力。提高阅读要求的一个重要体现就是加大了对名著整本书阅读的要求。为了落实教育部"课程标准"的要求，学校倡导中学生利用课余时间自读中外名著，但在实际操作中，中学生对名著的阅读理解又是有一定困难的。

名著之所以是名著，因为它经得住时间的考验。来自不同民族、不同地域、不同时代的读者，往往能从同一部作品中获得自己对生命的独特感受。不受时空限制，具有深刻的生命意义和哲学意义，并且常读常新，这才是名著的魅力。但是由于受阅历的限制，中学生要想体会到名著的精髓有一定困难，需要成年人给予指导和帮助。

于是，我们本着"请老师和家长参与孩子的阅读，帮助孩子一起读懂、读透世界名著"的原则，邀请了名校名师来给名著作导读。这个"导读"既可以学生自己用，也可以用于家长陪伴孩子共读名著。

我们这套丛书有以下三大亮点：——名师导读、贴近课标、操作简便，下面一一阐明。

一、真正的名校名师指导

丛书邀请了北京八中、人大附中、北京中学等名校的十几位名师，对教育部规定的中考、高考必读书目以及教育部推荐的各学段扩展书目进行了具体的阅读指导。他们中有特级教师，市区级骨干教师，兼职教研员，各级教科研项目的专家，各校的语文教研组组长、备课组长，教龄从十几年到三十几年不等。他们常年在中考、高考的毕业年级把关，对学生的年龄特点和认知规律把握得非常准确。

这些常年奋战在教学一线的骨干教师经验丰富，在大量查阅文献资料的基础上，对作品进行了细致、深入的解读，结合中考、高考名著阅读的考题，给出了细化到分章节、分阅读层次的阅读讨论题。这些题目既可以作为学生阅读名著的自测依据，也可以作为家长与孩子深入讨论的提纲，给了家长和孩子实实在在的学习抓手。

二、丛书编写体例贴近课标要求

为了方便学生深度解读，无论是文学名著、名人传记，还是文史读物、科普图书，丛书都按照统一的体例给出了阅读指导建议：

每个分册都有一篇**总体阅读指导**及作者、创作背景简介，从作品的人物、情节、环境、主题、艺术手法等方面，作一个总体评价，目的是告诉学生和家长在读这本书时应该关注什么。

每本书有一个参考**阅读进度表**，该分册的编委老师将作品按情节发展或内容分类划分为几个或几十个部分，即"阅读单元"。根据每个阅读单元的字数及教育部规定的各年级学生阅读速度要求，来建议阅读进度。

每个"阅读单元"都有三组亲子阅读讨论题——

"情节回顾"，大都是针对细节的提问，旨在检验学生对该单元所讲述的内容是否有清晰的印象；

"作品理解"，属于文学评论的层次，针对人物、情节、环境、主题等方面提问，且编委老师会从文学评论的角度给出明确的答案；

"沉淀思考"，属于个性化的讨论题，以批判思维的方式，全方位、深入解读人物性格、情节设置、主题开掘等问题，将成人世界真实的生活领悟、人性弱点等引入亲子讨论，真正提升学生的思想成熟度。答案多为关于思考和讨论方向的建议，以及可以启发学生思维的背景资料，是编委老师们站在人性的高度，提供的有深度、有思辨性的评论文字。

前两类讨论题与考试结合紧密，第三类则很有还原语文课堂讨论的意味。切实贯彻了"语文新课标""引导学生通过阅读整本书，拓展阅读视野，建构阅读整本书的经验，形成适合自己的读书方法，提升阅读鉴赏能力，养成良好的阅读习惯，促进学生对中华优秀传统文化、革命文化、社会主义先进文化的深入学习和思考，形成正确的世界观、人生观和价值观"的要求。

三、操作方法建议：亲子共读

家长和孩子按阅读进度表同步阅读。先各自分别阅读原文，每天或每周固定时间按"阅读单元"做亲子讨论——

"情节回顾"题：可以由家长逐一提问，孩子回答，按"参考答案"核对。

"作品理解"题：家长在和孩子讨论之前可看一下参考答案，在引导孩子分析人物和情节时，做到心中有数。

"沉淀思考"题：建议家长在读原文之前先看一下题目和参考答案，带着问题读原文，代入自身的生活阅历，边读边考虑这个问题孩子有可能怎么想，家长用生活中孩子经历过的哪些事情去类比作品中的场景，才能让孩子理解这些他从未经历过的情感体验，以及人性的复杂性和多元化。和孩子正面讨论时，**务求给予孩子超越他原有认识水平的见解（参阅编委老师关于思考和讨论方向的建议）**，让孩子切实感受到家长的解读比自己的阅读理解高出了一个层次。

只有这样，孩子才能真正认可家长参与阅读的必要性，逐步信赖家长在生活其他层面给予他们的意见和建议。这种亲子共读名著的方式，可以帮助家长顺利走入孩子的精神世界，最终构建起良好的亲子关系。通过一本接一本的亲子共读，讨论作品的内容会逐渐成为亲子间的固定话题，其中传递的人生观、价值观、生活智慧、人生追求，就构成了一种家风的传承。

期待每晚华灯初上时，您家温暖的小屋中，回荡着父母和孩子热烈的讨论声，满溢着亲子间真诚的赞赏和浓浓的亲情……

2020 年 6 月，于燕京

作者介绍
About the author

鲁迅（1881年9月25日~1936年10月19日），中国文学家、思想家和革命家。原名周树人，字豫才，浙江绍兴人。

出身于破落封建家庭。青年时代受进化论、尼采超人哲学和托尔斯泰博爱思想的影响。1902年赴日本留学，原在仙台医学院学医，后弃医从文，致力于以文艺改变国民精神。1905—1907年，参加革命党人的活动，发表了《摩罗诗力说》《文化偏至论》等论文。其间曾回国奉母命结婚，夫人朱安。1909年，与其弟周作人一起合译《域外小说集》，介绍外国文学。同年回国，先后在杭州、绍兴任教。辛亥革命后，曾任南京临时政府和北京政府教育部部员、佥事等职，兼在北京大学、女子师范大学等校授课。

1918年5月，首次用"鲁迅"的笔名，发表中国现代文学史上第一篇白话小说《狂人日记》，奠定了新文学运动的基石。五四运动前后，到《新青年》杂志工作，成为"五四"新文化运动的主将。1918年到1926年间，陆续创作出版了小说集《呐喊》《彷徨》、论文集《坟》、散文诗集《野草》、散文集《朝花夕拾》、杂文集《热风》《华盖集》《华盖集续编》等专集。其中，1921年12月发表的中篇小说《阿Q正传》，是中国现代文学史上的不朽杰作。

1926年8月，因支持北京学生爱国运动，为北洋军阀政府所通缉，南下到厦门大学任中文系主任。1927年1月，到当时的革命中心广州，在中山大学任教务主任。1927年10月到达上海，开始与其学生许广平同居。1929年，儿子周海婴出世。1930年起，先后参加中国自由运动大同盟、中国左翼作家联盟和中国民权保障同盟，反抗国民党政府的独裁统治和政治迫害。

从1927年到1936年，创作了历史小说集《故事新编》中的大部分作品和大量的杂文，收辑在《而已集》《三闲集》《二心集》《南腔北调集》《伪自由书》《准风月谈》《花边文学》《且介亭杂文》《且介亭杂文二编》《且介亭杂文末编》《集外集》和《集外集拾遗》等专集中。鲁迅的一生，对中国文化事业作出了巨大的贡献：他领导、支持了"未名社""朝花社"等文学团体；主编了《国民新报副刊》（乙种）、《莽原》《语丝》《奔流》《萌芽》《译文》等文艺期刊；热忱关怀、积极培养青年作者；大力翻译外国进步文学作品和介绍国内外著名的绘画、木刻；搜集、研究、整理大量的古典文学，编著《中国小说史略》《汉文学史纲要》，整理《嵇康集》，辑录《会稽郡故书杂录》《古小说钩沉》《唐宋传奇录》《小说旧闻钞》等等。

1936年10月19日因肺结核病逝于上海，上万名上海民众自发举行公祭、送葬，葬于虹桥万国公墓。1956年，鲁迅遗体移葬虹口公园，毛泽东为重建的鲁迅墓题字。

1938年出版《鲁迅全集》（二十卷）。中华人民共和国成立后，鲁迅著译已分别编为《鲁迅全集》（十卷）、《鲁迅译文集》（十卷）、《鲁迅日记》（二卷）、《鲁迅书信集》，并重印鲁迅编校的古籍多种。1981年出版了《鲁迅全集》（十六卷）。北京、上海、绍兴、广州、厦门等地先后建立了鲁迅博物馆、纪念馆等。鲁迅的小说、散文、诗歌、杂文共数十篇（首）被选入中小学语文课本。小说《祝福》《阿Q正传》《药》等先后被改编成电影。

创作背景介绍
About the background

  1911年的辛亥革命，是近代中国重大的事件，许多事情从此节点开始发生了天翻地覆的改变，清帝退位，以康有为、梁启超为代表的维新派下台了。但是文艺的维新和变更却真正开始衍化发生了。1915年呈现的新文化运动，就是由陈独秀、李大钊、鲁迅、胡适、蔡元培、钱玄同等一些受过西方教育（当时称为新式教育）的人发起的一次"反传统、反孔教、反文言"的思想文化革新、文学革命运动。新文化运动提倡民主与科学，沉重打击了统治中国两千多年的传统礼教，启发了人们的民主觉悟，推动了现代科学在中国的发展，可以说是为五四爱国运动的爆发奠定了思想基础。

  就是在这样的社会背景和契机下，1918年鲁迅的第一篇白话小说《狂人日记》出版了。此前的中国文艺界"小说"这个词还指的是从唐朝"传奇"发展而来的半文言的故事。此时的诗歌在胡适等人的突破革新下，从五言七言的格律诗中变身出自由体的白话诗，鲁迅的白话小说也应运而生了，虽然在今天的中小学生看来，鲁迅小说俨然就是"文言文"，但是在当时看来它和旧时代的文言小说已经有了形式和内核的绝然不同。它不写才子佳人，也不写仙狐鬼怪，它不是为了闲暇凑趣，也不是为了卖钱讨生活。鲁迅受到东洋和西洋小说的影响，创新了中国式小说，他希望的是借文艺来警醒国人，通过描写"病态社会的不幸的人们"，"揭出病苦，引起疗救的注意"。可以说鲁迅先生的创作是时代大潮发展的历史推动使然，也是他对民族生存的浓重的忧患意识和对社会变革的强烈渴望使然。就在这种时代和个人性情赋予的偶然汇合中，一个中国文坛的时代巨人却水到渠成地必然成长了起来。

此时正是第一次世界大战的尘埃落定之际，紧接着1919年国内爆发了五四运动，北京学生罢课，上海工人罢工。与此同时，在湖南，毛泽东、蔡和森、向警予等人正在创办学会。在天津，周恩来正在组织学生运动。紧接着1921年中国共产党成立了。

然而，在那个时刻，却几乎没有人认为青年人的要务是革命，国人笃信的依然是莘莘学子读书出仕，读书应试是正路，而所谓学洋务（清朝末年，李鸿章、张之洞等人推行洋务运动，在国内举办军事工业和工矿企业，并开设各类传授现代科技知识的学科。在这类学校读书泛称学洋务），社会上便以为这是走投无路的人的选择。鲁迅的教育"出身"就是这么"不入流"了。在文艺创作上他更是没有家学的沿袭也没有正牌的科班出身资质，在钱玄同等人的鼓励下，鲁迅开始了他半路出家的文学创作，他没想过让自己成为文学史上的巨匠以期名留青史，只是希望改变和警醒国人所处的懵懂麻木或是茫然无措得过且过的思想意识。

1918—1922年间，鲁迅先生陆续创作了十五部小说。后来作者抽出去一部历史小说《不周山》（后更名为《补天》），遂结集成了《呐喊》。这些小说反映了五四前后中国社会被压迫者的痛苦生活和悲惨命运，其核心却是反对旧文化、提倡新文化，反对旧道德、提倡新道德。可见鲁迅的《呐喊》，不是简单的文学创作，它出现在一个新旧时代的过渡和转换的时期，它集中体现的是中国新民主主义革命这场文化革命的要求和历史特征。作者创作小说意在为新文化运动"呐喊"，对封建制度及陈腐的传统观念进行了深刻的剖析和彻底的否定。这也就是《呐喊》自序里所说的为打破"铁屋子"而做的努力了。

其实，在《呐喊》自序中，作者回顾了自己的人生经历，其中也反映了作者思想发展的过程和从事文艺活动的目的和态度。同时也说明了这些小说的由来和起名的缘由。作者从学洋务、学医、走科学救国之路，到推崇文艺，把文艺作为改变国民精神的武器，表现了他爱国主义思想的发展和求索救国救民道路的精神历程。这些都能帮助我们读者真切地了解作者的生平、思想，甚至是理解《呐喊》这集小说的内涵及意蕴。

总而言之，如果不是那个特殊的历史时期，不是那样一个变革的"乱世"社会，就不会有《呐喊》；如果作者不是这样一个思想深邃，认知冷静而细腻，忧国忧民又探索欲、创新性极强的鲁迅先生，也不会有《呐喊》。好小说，其精神内核和文体技法是互为表里，相辅相成的，从《呐喊》开始的小说创作，鲁迅开创的题材和体裁都是开山之斧。可以说，中国现代小说生在鲁迅，也长在鲁迅。修订中国文学史教科书的三大版本的学者没有一个不认同这一点。很多中外评论家都说过，大部分国家的小说成长是有过程的，往往开创者是一个人，集大成者是多年后的另一个人，但是中国现代小说，奠基者和集大成者都是鲁迅。《呐喊》里几乎篇篇经典。所以说，我们读《呐喊》必须是严肃认真的。因为它除了文学性外，还具有历史的政治意义和价值，它更是中国现代小说的开端与成熟的标志。是《呐喊》开创了中国式现代现实主义文学的先河。

■ 在中国新文坛上，鲁迅君常常是创造"新形式"的先锋，《呐喊》里的十多篇小说几乎一篇有一篇新形式，而这些新形式又莫不给青年作者以极大的影响。

——茅　盾

■ 这是中国最好的一本小说。

——李大钊

■《呐喊》是最近数年来中国文坛上少见之作。那样的讥诮而沉挚，那样的描写深刻，似乎一个字一个字都是用刀刻在木上的。

——现代文学评论家郑振铎

■《呐喊》是以最少的文字造成最大影响的杰作。如果小说也讲性价比，《呐喊》的性价比绝对是最高的。鲁迅的《呐喊》浓缩了近代中国的苦难，其小说艺术之精妙复杂，是同时代的各国文学大师都难以超越的。我从小就读《呐喊》，现在每次讲鲁迅的时候还要读，但是每次都可以读出新的意义。

——北京大学中文系教授孔庆东

"
名家评论
Famous
Commentaries
"

> **阅读指导**
> Reading
> Guidance

  多年来，鲁迅先生的作品都入选中小学课本，但是许多同学却也因此对鲁迅和其文章有了不少怨言，例如说他为人刻板严肃（其实是他的思想深邃作风严谨，再加上时代的艰辛，兴亡关键时刻的国运使然），说他文笔不通（其实是新旧文字语言变革时期的影响，从官府文、八股文、文言文转变到时新的白话文，这是距今快一百年前的语言运用了，用词用语和今天怎会一致），气他写文章会用错字，而且只要是鲁迅写的错字都不算错字叫通假字（其实是那时还没有国家语委的用字规范标准，凭什么就说是鲁迅写错了），学生们最怕的就是背诵鲁迅作品，觉得他文字佶屈聱牙，不好理解不好记忆，还总是考试重点。

  每次听到我的学生们抱怨学鲁迅的文章要背诵要考试要头疼什么的，我都心绪复杂：幸福单纯的人读不懂鲁迅，快乐傻憨性格的人不会喜欢鲁迅，甚至可以说是读通鲁迅必沧桑，读懂鲁迅必中年。我常常庆幸着学生们的自在开心青春无敌，又期许憧憬着他们尽快地喜欢鲁迅的作品。越早开始读鲁迅，越多深入地读鲁迅，对一个中国学生的成长来说就越是积极有利。

  想读懂《呐喊》就要先了解鲁迅，如果你在北京，可以去北京阜成门内三条胡同21

号的鲁迅故居，如果你在上海，可以去山阴路大陆新村9号的鲁迅故居和附近的鲁迅公园，或者在其他各地居住的同学可以利用寒暑假随家长去探访绍兴的鲁迅故里，有百草园也有三味书屋和鲁迅纪念馆。在这些地方有大量鲁迅先生的生活、工作记录和资料，亲身实地地探访了解，我们会对鲁迅先生其人有一些真实感性的认知，我们也可以通过网上的资料查询和阅读，对鲁迅先生生活和写作的时代多一些了解，然后我们会发现我们所熟知的大量作家都和鲁迅先生有交集，在众人的笔端，鲁迅先生嬉笑怒骂鲜活自然。语文教参给我们的刻板印象就是绍兴人周树人，文学家、思想家、革命家。然而越多了解鲁迅先生其人，我们越发现之前可能对他有不少误读。不要神化高举鲁迅先生了，他也"小心眼"，他回撑过几乎所有说他不好的人，比如他骂过郭沫若是"才子加流氓"，他甚至接地气地写了一篇文章谈国骂《论"他妈的！"》。我们以为他"俯首甘为孺子牛"是说对人民百姓的伟大牺牲隐忍精神，然而回归到他的小诗《自嘲》，我们发现真相不过是一个中年得子的老父亲在回家面对幼子时的甘心宠溺，低头屈膝任由儿子驱驾而已。鲁迅不该被神圣化，但是鲁迅先生却是应该被榜样化，他不是先知，却是先师，他教会我们质疑，教会我们思考，他独立思考不随声附和，他思想上是悲观虚无，却是行动上的积极主动派，他秉承了绍兴师爷的刀笔吏的文风做派，却施行了中国传统孔孟之道的儒家入世哲学"我以我血荐轩辕"。大家以为他是先锋革命者，然而他实质上却是个"精明"的保守派，他从来都是反对"唯以喋血为快"的主张，包括文章写作，他都不喜欢"赤膊打仗，拼死拼活"之作。所以这才有我们看到的鲁迅小说里的意象婉曲下的主题深邃。有人说，"晚上不能读鲁迅，如果你是个有良心的人，你会失眠辗转反侧，坐着不能读鲁迅，如果你是个想清醒的人，你会坐立不安，捶胸顿足。"鲁迅先生用他的文字教会我们更深入地思考，也教会了我们更客观理性地爱国和爱我们的文明和文化。

  知人论世，了解了时代特色，了解了作者其人特质，这时再来看这部经典作品《呐喊》，我们才能更好地欣赏感知和理解学习到它的要义。

  《呐喊》这部集子不是个一次性的阅读消费品，它是可以反复阅读体会加深理解的耐用品。不拘年龄，国人都该反复品读《呐喊》。

读《呐喊》，我们可以从中还原重现一个从封建社会到中国新民主主义革命转换时期的风起云涌的社会风貌，让人细思极恐的却是时代更迭了一个世纪，中国人国民性中的问题却依旧存在着，阿Q、孔乙己、人血馒头、走的人多了也就成了路，这些名词或短句，恐怕早就成了汉语中的特定固定语汇，没读过《呐喊》的人，怕是和普通国人的正常对话交流都会有理解困难吧。

读《呐喊》，我们可以学习和体验到中国近现代文学写作技法的发展和变化，说通俗些，不会写作文的同学多读《呐喊》都能学习到多种写作技法并且照猫画虎也能让自己的文字显得格外高深而特别啊。鲁迅先生的这部小说集子非常有趣，每一篇小说都运用了一些不一样的艺术技法：正侧面相结合的人物描写，前伏笔后照应的情节铺垫，反转反衬反语，对比对称对照，象征隐喻暗示，明喻暗喻借喻，借题发挥，借景抒情，寄物抒怀，借物喻人，借事喻理……研究懂了《呐喊》可以少上好几期的作文辅导班了吧。

读《呐喊》，我们也可以更好地理解和接近作者鲁迅，文如其人，越读其作品，越懂得作者的思想认知和精神导向，鲁迅是我们的"中华魂"，他已经幻化成了我们民族认知中的一个灵魂气质，虽然他已经离开我们八十多年了，但是因为他作品的存在，我们可以通过他的文字，让他穿越历史的尘埃来到我们身边，这种读者作者的思想灵魂的传承也算是一种"在越来越远中的越来越近"吧，当我们孤独无助时，鲁迅是我们的神奇拐杖，当我们彷徨无奈时，他是我们的指路明灯，当我们浮躁肤浅时，他是我们的精神食粮，道德指引。

越了解鲁迅其人，越方便我们读懂《呐喊》，越细读《呐喊》，越理解接近鲁迅的精神世界。

阅读计划表
Reading Schedule

　　《呐喊》中的短篇小说一共十四篇，加上《自序》，建议在十五天左右完成阅读，每天一篇，文字虽然不多，但是建议你可以参考查询相关的历史关联实事，积累该篇小说中出现的成语典故，应用的文学技法，思考其中的主题和相关的社会人生和哲学的问题。也可以根据自己的阅读速度和时间再作划分，最好在相应的时间内完成对应的阅读任务。建议你在阅读后，能用简要的语言概述相应章节的内容，记录你的思考和疑惑。这既有助于你适时回顾作品内容，也有助于你深入思考、品味作品的内蕴。

　　阅读计划表的篇目安排，编者在《呐喊》原作排版的基础上做了次序的调整，这样一来，从《狂人日记》到《阿Q正传》，内容基本上是围绕农村生活，其中，咸亨酒店、赵举人，还有众多的类似的人物和场景会在其中交叉出现，由此一个以江南乌篷船为徽记的水乡鲁镇形象出现得相对完整。然后是《故乡》《社戏》《一件小事》这三篇小说，它们都是以"我"为第一人称的叙述主体，是更类似于散文形式的小说。之后几篇小说的发生场景则从乡下转换为城市环境，内容主题也相应变化。

计划表中最后设计的是重读《狂人日记》，这一个环节，是为了让同学们阅读深化和升华。因为只有全书系统阅读完毕后，你重读开篇小说才能真正发掘出其中深埋的"彩蛋"。事实上，这是一个资深阅读者才能发现的秘密：在《狂人日记》里作者把《呐喊》中其他篇目中的人物和情节早已提前植入和暗示过了。

《狂人日记》开篇不久，就几次提到月光，"今天晚上，很好的月光"，"今天全无月光，我知道不妙"，你可知这就是《明天》中单四嫂子守着窗缝所看了一夜的"银白的曙光"？《狂人日记》第三节中说"他们——也有给知县打枷过的"，这不就是阿Q吗？"也有给绅士掌过嘴的"，这不就是孔乙己吗？《狂人日记》第九节中"自己想吃人，又怕被别人吃了，都用着疑心极深的眼光，面面相觑"，这不就是《一件小事》中"我"的思想和行为的来源吗？所以"我"才会面对老女人摔倒却"料定这老女人并没有伤，又没别人看见，便很怪他多事，要自己惹出是非，也误了我的路。我便对他说，'没有什么的。走你的罢！'"

《狂人日记》第十节："去年城里杀了犯人，还有一个生痨病的人，用馒头蘸血舐。"这不就是《药》中的情节吗？

《狂人日记》一文中多次出现的"狗"，不就是鲁镇的狗，"赵家"不就是《阿Q正传》中的赵举人家，怯懦的"兔子"，不就是《兔和猫》里的兔子，"宛然是关了一只鸡鸭"中的鸡鸭不就是《鸭的喜剧》中的鸭？

只要你细心卒读，就会剥丝抽茧，发现无处不在的各种暗示和指示标，原来《呐喊》一书中所有篇目中的人物都是"狂人"，也都是"苦人"。

时间	内容进度	思考和疑惑
___月___日	《呐喊》自序	
___月___日	狂人日记	
___月___日	孔乙己	
___月___日	药	
___月___日	明天	
___月___日	风波	
___月___日	阿Q正传	
___月___日	故乡	
___月___日	社戏	
___月___日	一件小事	
___月___日	端午节	
___月___日	头发的故事	
___月___日	白光	
___月___日	兔和猫	
___月___日	鸭的喜剧	
___月___日	重读《狂人日记》	

目 录

自序	···1
自序 导读	···6
狂人日记	···1
狂人日记 导读	···11
孔乙己	···12
孔乙己 导读	···16
药	···18
药 导读	···26
明天	···28
明天 导读	···33
一件小事	···35
一件小事 导读	···37
头发的故事	···39
头发的故事 导读	···44

CONTENTS

风波	…46
风波 导读	…53
故乡	…55
故乡 导读	…63
阿Q正传	…65
阿Q正传 导读	…100
端午节	…103
端午节 导读	…110
白光	…113
白光 导读	…118
兔和猫	…121
兔和猫 导读	…125
鸭的喜剧	…127
鸭的喜剧 导读	…130
社戏	…132
社戏 导读	…140
参考答案	…142

CONTENTS

自 序

我在年轻时候也曾经做过许多梦，后来大半忘却了，但自己也并不以为可惜。所谓回忆者，虽说可以使人欢欣，有时也不免使人寂寞，使精神的丝缕还牵着已逝的寂寞的时光，又有什么意味呢，而我偏苦于不能全忘却，这不能全忘的一部分，到现在便成了《呐喊》的来由。

我有四年多，曾经常常，——几乎是每天，出入于质铺和药店里，年纪可是忘却了，总之是药店的柜台正和我一样高，质铺的是比我高一倍，我从一倍高的柜台外送上衣服或首饰去，在侮蔑里接了钱，再到一样高的柜台上给我久病的父亲去买药。回家之后，又须忙别的事了，因为开方的医生是最有名的，以此所用的药引也奇特：冬天的芦根，经霜三年的甘蔗，蟋蟀要原对的，结子的平地木，……多不是容易办到的东西。然而我的父亲终于日重一日的亡故了。

有谁从小康人家而坠入困顿的么，我以为在这途路中，大概可以看见世人的真面目；我要到N进K学堂去了[1]，仿佛是想走异路，逃异地，去寻求别样的人们。我的母亲没有法，办了八元的川资，说是由我的自便；然而伊哭了，这正是情理中的事，因为那时读书应试是正路，所谓学洋务，社会上便以为是一种走投无路的人，只得将灵魂卖给鬼子，要加倍的奚落而且排斥的，而况伊

---

[1] N指南京，K学堂指江南水师学堂。作者于1898年到南京江南水师学堂肄业，第二年改入江南陆师学堂附设的矿务铁路学堂，1902年毕业后即由清政府派赴日本留学，1904年进仙台的医学专门学校，1906年中止学医，回东京准备从事文艺运动。参看《朝花夕拾》中《琐记》及《藤野先生》二文。

又看不见自己的儿子了。然而我也顾不得这些事，终于到N去进了K学堂了，在这学堂里，我才知道世上还有所谓格致，算学，地理，历史，绘图和体操。生理学并不教，但我们却看到些木版的《全体新论》和《化学卫生论》之类了。我还记得先前的医生的议论和方药，和现在所知道的比较起来，便渐渐的悟得中医不过是一种有意的或无意的骗子[1]，同时又很起了对于被骗的病人和他的家族的同情；而且从译出的历史上，又知道了日本维新是大半发端于西方医学的事实。

因为这些幼稚的知识，后来便使我的学籍列在日本一个乡间的医学专门学校里了。我的梦很美满，预备卒业回来，救治像我父亲似的被误的病人的疾苦，战争时候便去当军医，一面又促进了国人对于维新的信仰。我已不知道教授微生物学的方法，现在又有了怎样的进步了，总之那时是用了电影，来显示微生物的形状的，因此有时讲义的一段落已完，而时间还没有到，教师便映些风景或时事的画片给学生看，以用去这多余的光阴。其时正当日俄战争的时候，关于战事的画片自然也就比较的多了，我在这一个讲堂中，便须常常随喜我那同学们的拍手和喝采。有一回，我竟在画片上忽然会见我久违的许多中国人了，一个绑在中间，许多站在左右，一样是强壮的体格，而显出麻木的神情。据解说，则绑着的是替俄国做了军事上的侦探，正要被日军砍下头颅来示众，而围着的便是来赏鉴这示众的盛举的人们。

这一学年没有完毕，我已经到了东京了，因为从那一回以后，我便觉得医学并非一件紧要事，凡是愚弱的国民，即使体格如何健全，如何茁壮，也只能做毫无意义的示众的材料和看客，病死多少是不必以为不幸的。所以我们的第一要著，是在改变他们的精神，而善于改变精神的，我那时以为当然要推文艺，于是想提倡文艺运动了。在东京的留学生很有学法政理化以至警察工业的，但没有人治文学和美术；可是在冷淡的空气中，也幸而寻到几个同志了，此外又邀集了必须的几个人，商量之后，第一步当然是出杂志，名目是取"新的生

---

[1] 作者对中医的看法，可参看《朝花夕拾》中《父亲的病》。

命"的意思，因为我们那时大抵带些复古的倾向，所以只谓之《新生》。

《新生》的出版之期接近了，但最先就隐去了若干担当文字的人，接着又逃走了资本，结果只剩下不名一钱的三个人。创始时候既已背时，失败时候当然无可告语，而其后却连这三个人也都为各自的运命所驱策，不能在一处纵谈将来的好梦了，这就是我们的并未产生的《新生》的结局。

我感到未尝经验的无聊，是自此以后的事。我当初是不知其所以然的；后来想，凡有一人的主张，得了赞和，是促其前进的，得了反对，是促其奋斗的，独有叫喊于生人中，而生人并无反应，既非赞同，也无反对，如置身毫无边际的荒原，无可措手的了，这是怎样的悲哀呵，我于是以我所感到者为寂寞。

这寂寞又一天一天的长大起来，如大毒蛇，缠住了我的灵魂了。

然而我虽然自有无端的悲哀，却也并不愤懑，因为这经验使我反省，看见自己了：就是我决不是一个振臂一呼应者云集的英雄。

只是我自己的寂寞是不可不驱除的，因为这于我太痛苦。我于是用了种种法，来麻醉自己的灵魂，使我沉入于国民中，使我回到古代去，后来也亲历或旁观过几样更寂寞更悲哀的事，都为我所不愿追怀，甘心使他们和我的脑一同消灭在泥土里的，但我的麻醉法却也似乎已经奏了功，再没有青年时候的慷慨激昂的意思了。

S会馆[1]里有三间屋，相传是往昔曾在院子里的槐树上缢死过一个女人的，现在槐树已经高不可攀了，而这屋还没有人住；许多年，我便寓在这屋里钞古碑[2]。客中少有人来，古碑中也遇不到什么问题和主义，而我的生命却居然暗暗的消去了，这也就是我惟一的愿望。夏夜，蚊子多了，便摇着蒲扇坐在槐树下，从密叶缝里看那一点一点的青天，晚出的槐蚕又每每冰冷的落在头颈上。

---

[1] S会馆指绍兴县馆，在北京宣武门外。从1912年5月到1919年11月，作者住在这会馆里。
[2] 鲁迅寓居绍兴县馆时，常于公余〔当时他在教育部工作〕荟集和研究中国古代的造像及墓志等金石拓本，后来辑成《六朝造像目录》和《六朝墓志目录》两种〔后者未完成〕。在寓居县馆期间，他还曾经从事中国文学古籍的纂辑和校勘工作，成书的有谢承《后汉书》《嵇康集》等。

那时偶或来谈的是一个老朋友金心异[1]，将手提的大皮夹放在破桌上，脱下长衫，对面坐下了，因为怕狗，似乎心房还在怦怦的跳动。

"你钞了这些有什么用？"有一夜，他翻着我那古碑的钞本，发了研究的质问了。

"没有什么用。"

"那么，你钞他是什么意思呢？"

"没有什么意思。"

"我想，你可以做点文章……"

我懂得他的意思了，他们正办《新青年》，然而那时仿佛不特没有人来赞同，并且也还没有人来反对，我想，他们许是感到寂寞了，但是说：

"假如一间铁屋子，是绝无窗户而万难破毁的，里面有许多熟睡的人们，不久都要闷死了，然而是从昏睡入死灭，并不感到就死的悲哀。现在你大嚷起来，惊起了较为清醒的几个人，使这不幸的少数者来受无可挽救的临终的苦楚，你倒以为对得起他们么？"

"然而几个人既然起来，你不能说决没有毁坏这铁屋的希望。"

是的，我虽然自有我的确信，然而说到希望，却是不能抹杀的，因为希望是在于将来，决不能以我之必无的证明，来折服了他之所谓可有，于是我终于答应他也做文章了，这便是最初的一篇《狂人日记》。从此以后，便一发而不可收，每写些小说模样的文章，以敷衍朋友们的嘱托，积久了就有了十余篇。

在我自己，本以为现在是已经并非一个切迫而不能已于言的人了，但或者也还未能忘怀于当日自己的寂寞的悲哀罢，所以有时候仍不免呐喊几声，聊以慰藉那在寂寞里奔驰的猛士，使他不惮于前驱。至于我的喊声是勇猛或是悲哀，是可憎或是可笑，那倒是不暇顾及的；但既然是呐喊，则当然须听将令的了，所以我往往不恤用了曲笔，在《药》的瑜儿的坟上平空添上一个花环，在《明天》里也不叙单四嫂子竟没有做到看见儿子的梦，因为那时的主将是不主张消

---

[1] 金心异指钱玄同，当时《新青年》的编辑委员之一。《新青年》提倡文化革命后不久，林纾曾写过一篇笔记体小说《荆生》，痛骂文化革命的提倡者，其中有一个人物叫"金心异"，即影射钱玄同。

极的。至于自己,却也并不愿将自以为苦的寂寞,再来传染给也如我那年青时候似的正做着好梦的青年。

这样说来,我的小说和艺术的距离之远,也就可想而知了,然而到今日还能蒙着小说的名,甚而至于且有成集的机会,无论如何总不能不说是一件侥幸的事,但侥幸虽使我不安于心,而悬揣人间暂时还有读者,则究竟也仍然是高兴的。

所以我竟将我的短篇小说结集起来,而且付印了,又因为上面所说的缘由,便称之为《呐喊》。

一九二二年十二月三日,鲁迅记于北京

[自序 导读]

情节回顾

1. 你还记得文中提到的鲁迅自己创作的第一篇小说的名字吗?
2. 自序的开头说"我在年轻时候也曾经做过许多梦",根据课文内容,分条说出这里"梦"所指的内容。

作品理解

1. 文本第一段最后说"到现在便成了《呐喊》的来由"。那么到底是什么促成了"《呐喊》的来由"呢?
2. 鲁迅在《呐喊·自序》中记述了自己开始写小说也源自友人的对话和探讨。那个朋友是谁?这个对话的结果是怎样的?
3. 《自序》第二段记叙作者少年时出入质铺和药铺的情形。写道:"我从一倍高的柜台外送上衣服或首饰去,在侮蔑里接了钱,再到一样高的柜台上给我久病的父亲去买药。"这样的描写带给你怎样的感受呢?你觉得作者这样写有什么效果呢?
4. 文中的一段对话:"假如一间铁屋子,是绝无窗户而万难破毁的,里面有许多熟睡的人们,不久都要闷死了,然而是从昏睡入死灭,并不感到就死的悲哀。现在你大嚷起来,惊起了较为清醒的几个人,使这不幸的少数者来受无可挽救的临终的苦楚,你倒以为对得起他们么?"这里的"铁屋子""熟睡的人们""大嚷起来"分别指的是什么呢?
5. "在我自己,本以为现在是已经并非一个切迫而不能已于言的人了，但或者也还未能忘怀于当日自己的寂寞的悲哀罢，所以有时候仍不免呐喊几声，聊以慰藉那在寂寞里奔驰的猛士，使他不惮于前驱。"你能试着把文中这段话转述成更直白的现代汉语吗？

6. 请试着根据文章回答，作者写把自己将要结集付印的小说集命名为《呐喊》的原因是什么？

沉淀思考

1. 通过这篇文章你能梳理出作者的一个大致生活经历和思想变化的走向图吗？

2. 说说看，鲁迅把创作的小说结集并且命名为《呐喊》，你觉得这个名字好吗？你能为他选取到一个更合适恰当的名字吗？

狂人日记[1]

某君昆仲，今隐其名，皆余昔日在中学校时良友；分隔多年，消息渐阙。日前偶闻其一大病；适归故乡，迂道往访，则仅晤一人，言病者其弟也。劳君远道来视，然已早愈，赴某地候补[2]矣。因大笑，出示日记二册，谓可见当日病状，不妨献诸旧友。持归阅一过，知所患盖"迫害狂"之类。语颇错杂无伦次，又多荒唐之言；亦不著月日，惟墨色字体不一，知非一时所书。间亦有略具联络者，今撮录一篇，以供医家研究。记中语误，一字不易；惟人名虽皆村人，不为世间所知，无关大体，然亦悉易去。至于书名，则本人愈后所题，不复改也。七年四月二日识。

一

今天晚上，很好的月光。

我不见他，已是三十多年；今天见了，精神分外爽快。才知道以前的三十

---

[1] 本篇最初发表于一九一八年五月《新青年》第四卷第五号。作者首次采用了"鲁迅"这一笔名。它是我国现代文学史上第一篇猛烈抨击"吃人"的封建礼教的小说。作者除在本书(《呐喊》)《自序》中提及它产生的缘由外，又在《〈中国新文学大系〉小说二集序》中指出它"意在暴露家族制度和礼教的弊害"，可以参看。

[2] 候补：清代官制，通过科举或捐纳等途径取得官衔，但还没有实际职务的中下级官员，由吏部抽签分发到某部或某省，听候委用，称为候补。

多年，全是发昏；然而须十分小心。不然，那赵家的狗，何以看我两眼呢？

我怕得有理。

二

今天全没月光，我知道不妙。早上小心出门，赵贵翁的眼色便怪：似乎怕我，似乎想害我。还有七八个人，交头接耳的议论我，又怕我看见。一路上的人，都是如此。其中最凶的一个人，张着嘴，对我笑了一笑；我便从头直冷到脚跟，晓得他们布置，都已妥当了。

我可不怕，仍旧走我的路。前面一伙小孩子，也在那里议论我；眼色也同赵贵翁一样，脸色也都铁青。我想我同小孩子有什么仇，他也这样。忍不住大声说，"你告诉我！"他们可就跑了。

我想：我同赵贵翁有什么仇，同路上的人又有什么仇；只有廿年以前，把古久先生的陈年流水簿子[1]，踹了一脚，古久先生很不高兴。赵贵翁虽然不认识他，一定也听到风声，代抱不平；约定路上的人，同我作冤对。但是小孩子呢？那时候，他们还没有出世，何以今天也睁着怪眼睛，似乎怕我，似乎想害我。这真教我怕，教我纳罕而且伤心。

我明白了。这是他们娘老子教的！

三

晚上总是睡不着。凡事须得研究，才会明白。

他们——也有给知县打枷过的，也有给绅士掌过嘴的，也有衙役占了他

---

[1] 古久先生的陈年流水簿子：这里比喻我国封建主义统治的长久历史。

妻子的，也有老子娘被债主逼死的；他们那时候的脸色，全没有昨天这么怕，也没有这么凶。

最奇怪的是昨天街上的那个女人，打他儿子，嘴里说道，"老子呀！我要咬你几口才出气！"他眼睛却看着我。我出了一惊，遮掩不住；那青面獠牙的一伙人，便都哄笑起来。陈老五赶上前，硬把我拖回家中了。

拖我回家，家里的人都装作不认识我；他们的眼色，也全同别人一样。进了书房，便反扣上门，宛然是关了一只鸡鸭。这一件事，越教我猜不出底细。

前几天，狼子村的佃户来告荒，对我大哥说，他们村里的一个大恶人，给大家打死了；几个人便挖出他的心肝来，用油煎炒了吃，可以壮壮胆子。我插了一句嘴，佃户和大哥便都看我几眼。今天才晓得他们的眼光，全同外面的那伙人一模一样。

想起来，我从顶上直冷到脚跟。

他们会吃人，就未必不会吃我。

你看那女人"咬你几口"的话，和一伙青面獠牙人的笑，和前天佃户的话，明明是暗号。我看出他话中全是毒，笑中全是刀。他们的牙齿，全是白厉厉的排着，这就是吃人的家伙。

照我自己想，虽然不是恶人，自从踹了古家的簿子，可就难说了。他们似乎别有心思，我全猜不出。况且他们一翻脸，便说人是恶人。我还记得大哥教我做论，无论怎样好人，翻他几句，他便打上几个圈；原谅坏人几句，他便说"翻天妙手，与众不同"。我那里猜得到他们的心思，究竟怎样；况且是要吃的时候。

凡事总须研究，才会明白。古来时常吃人，我也还记得，可是不甚清楚。我翻开历史一查，这历史没有年代，歪歪斜斜的每叶上都写着"仁义道德"几个字。我横竖睡不着，仔细看了半夜，才从字缝里看出字来，满本都写着两个字是"吃人"！

书上写着这许多字，佃户说了这许多话，却都笑吟吟的睁着怪眼睛看我。

我也是人，他们想要吃我了！

四

　　早上，我静坐了一会。陈老五送进饭来，一碗菜，一碗蒸鱼；这鱼的眼睛，白而且硬，张着嘴，同那一伙想吃人的人一样。吃了几筷，滑溜溜的不知是鱼是人，便把他兜肚连肠的吐出。

　　我说"老五，对大哥说，我闷得慌，想到园里走走。"老五不答应，走了，停一会，可就来开了门。

　　我也不动，研究他们如何摆布我；知道他们一定不肯放松。果然！我大哥引了一个老头子，慢慢走来；他满眼凶光，怕我看出，只是低头向着地，从眼镜横边暗暗看我。大哥说，"今天你仿佛很好。"我说"是的。"大哥说，"今天请何先生来，给你诊一诊。"我说"可以！"其实我岂不知道这老头子是刽子手扮的！无非借了看脉这名目，揣一揣肥瘠：因这功劳，也分一片肉吃。我也不怕；虽然不吃人，胆子却比他们还壮。伸出两个拳头，看他如何下手。老头子坐着，闭了眼睛，摸了好一会，呆了好一会；便张开他鬼眼睛说，"不要乱想。静静的养几天，就好了。"

　　不要乱想，静静的养！养肥了，他们是自然可以多吃；我有什么好处，怎么会"好了"？他们这群人，又想吃人，又是鬼鬼祟祟，想法子遮掩，不敢直捷下手，真要令我笑死。我忍不住，便放声大笑起来，十分快活。自己晓得这笑声里面，有的是义勇和正气。老头子和大哥，都失了色，被我这勇气正气镇压住了。

　　但是我有勇气，他们便越想吃我，沾光一点这勇气。老头子跨出门，走不多远，便低声对大哥说道，"赶紧吃罢！"大哥点点头。原来也有你！这一件大发见，虽似意外，也在意中：合伙吃我的人，便是我的哥哥！

　　吃人的是我哥哥！

　　我是吃人的人的兄弟！

我自己被人吃了，可仍然是吃人的人的兄弟！

五

这几天是退一步想：假使那老头子不是刽子手扮的，真是医生，也仍然是吃人的人。他们的祖师李时珍做的"本草什么"[1]上，明明写着人肉可以煎吃；他还能说自己不吃人么？

至于我家大哥，也毫不冤枉他。他对我讲书的时候，亲口说过可以"易子而食"[2]；又一回偶然议论起一个不好的人，他便说不但该杀，还当"食肉寝皮"[3]。我那时年纪还小，心跳了好半天。前天狼子村佃户来说吃心肝的事，他也毫不奇怪，不住的点头。可见心思是同从前一样狠。既然可以"易子而食"，便什么都易得，什么人都吃得。我从前单听他讲道理，也胡涂过去；现在晓得他讲道理的时候，不但唇边还抹着人油，而且心里满装着吃人的意思。

六

黑漆漆的，不知是日是夜。赵家的狗又叫起来了。

狮子似的凶心，兔子的怯弱，狐狸的狡猾，……

---

[1] "本草什么"：指《本草纲目》，明代医学家李时珍（1518—1593）的药物学著作，共五十二卷。该书曾经提到唐代陈藏器《本草拾遗》中以人肉医治痨病的记载，并表示了异议。这里说李时珍的书"明明写着人肉可以煎吃"，当是"狂人"的"记中语误"。

[2] "易子而食"：语见《左传》宣公十五年，是宋将华元对楚将子反叙说宋国都城被楚军围困时的惨状："敝邑易子而食，析骸而爨。"

[3] "食肉寝皮"：语出《左传》襄公二十一年，晋国州绰对齐庄公说："然二子者，譬于禽兽，臣食其肉而寝处其皮矣。"（按："二子"指齐国的殖绰和郭最，他们曾被州绰俘虏过。）

七

　　我晓得他们的方法，直捷杀了，是不肯的，而且也不敢，怕有祸祟。所以他们大家连络，布满了罗网，逼我自戕。试看前几天街上男女的样子，和这几天我大哥的作为，便足可悟出八九分了。最好是解下腰带，挂在梁上，自己紧紧勒死；他们没有杀人的罪名，又偿了心愿，自然都欢天喜地的发出一种呜呜咽咽的笑声。否则惊吓忧愁死了，虽则略瘦，也还可以首肯几下。

　　他们是只会吃死肉的！——记得什么书上说，有一种东西，叫"海乙那"[1]的，眼光和样子都很难看；时常吃死肉，连极大的骨头，都细细嚼烂，咽下肚子去，想起来也教人害怕。"海乙那"是狼的亲眷，狼是狗的本家。前天赵家的狗，看我几眼，可见他也同谋，早已接洽。老头子眼看着地，岂能瞒得我过。

　　最可怜的是我的大哥，他也是人，何以毫不害怕；而且合伙吃我呢？还是历来惯了，不以为非呢？还是丧了良心，明知故犯呢？

　　我诅咒吃人的人，先从他起头；要劝转吃人的人，也先从他下手。

八

　　其实这种道理，到了现在，他们也该早已懂得，……

　　忽然来了一个人；年纪不过二十左右，相貌是不很看得清楚，满面笑容，对了我点头，他的笑也不像真笑。我便问他，"吃人的事，对么？"他仍然笑

---

[1] "海乙那"：英语 hyena 的音译，即鬣狗（又名土狼），一种食肉兽，常跟在狮虎等猛兽之后，以它们吃剩的兽类的残尸为食。

着说，"不是荒年，怎么会吃人。"我立刻就晓得，他也是一伙，喜欢吃人的；便自勇气百倍，偏要问他。

"对么？"

"这等事问他什么。你真会……说笑话。……今天天气很好。"

天气是好，月色也很亮了。可是我要问你，"对么？"

他不以为然了。含含胡胡的答道，"不……"

"不对？他们何以竟吃？！"

"没有的事……"

"没有的事？狼子村现吃；还有书上都写着，通红斩新！"

他便变了脸，铁一般青。睁着眼说，"有许有的，这是从来如此……"

"从来如此，便对么？"

"我不同你讲这些道理；总之你不该说，你说便是你错！"

我直跳起来，张开眼，这人便不见了。全身出了一大片汗。他的年纪，比我大哥小得远，居然也是一伙；这一定是他娘老子先教的。还怕已经教给他儿子了；所以连小孩子，也都恶狠狠的看我。

九

自己想吃人，又怕被别人吃了，都用着疑心极深的眼光，面面相觑。……

去了这心思，放心做事走路吃饭睡觉，何等舒服。这只是一条门槛，一个关头。他们可是父子兄弟夫妇朋友师生仇敌和各不相识的人，都结成一伙，互相劝勉，互相牵掣，死也不肯跨过这一步。

十

大清早,去寻我大哥;他立在堂门外看天,我便走到他背后,拦住门,格外沉静,格外和气的对他说,

"大哥,我有话告诉你。"

"你说就是,"他赶紧回过脸来,点点头。

"我只有几句话,可是说不出来。大哥,大约当初野蛮的人,都吃过一点人。后来因为心思不同,有的不吃人了,一味要好,便变了人,变了真的人。有的却还吃,——也同虫子一样,有的变了鱼鸟猴子,一直变到人。有的不要好,至今还是虫子。这吃人的人比不吃人的人,何等惭愧。怕比虫子的惭愧猴子,还差得很远很远。

"易牙[1]蒸了他儿子,给桀纣吃,还是一直从前的事。谁晓得从盘古开辟天地以后,一直吃到易牙的儿子;从易牙的儿子,一直吃到徐锡林[2];从徐锡林,又一直吃到狼子村捉住的人。去年城里杀了犯人,还有一个生痨病的人,用馒头蘸血舐。

"他们要吃我,你一个人,原也无法可想;然而又何必去入伙。吃人的人,什么事做不出;他们会吃我,也会吃你,一伙里面,也会自吃。但只要转一步,只要立刻改了,也就人人太平。虽然从来如此,我们今天也可以格外要好,说是不能!大哥,我相信你能说,前天佃户要减租,你说过不能。"

当初,他还只是冷笑,随后眼光便凶狠起来,一到说破他们的隐情,那

---

[1] 易牙:春秋时齐国人,善于调味。据《管子·小称》:"夫易牙以调和事公(按:指齐桓公),公曰惟蒸婴儿之未尝,于是蒸其首子而献之公。"桀、纣各为我国夏朝和商朝的最后一代君主,易牙和他们不是同时代人。这里说的"易牙蒸了他儿子,给桀纣吃",也是"狂人""语颇错杂无伦次"的表现。

[2] 徐锡林:隐指徐锡麟(1873—1907),字伯荪,浙江绍兴人,清末革命团体光复会的重要成员。一九〇七年与秋瑾准备在浙、皖两省同时起义。七月六日,他以安徽巡警处会办兼巡警学堂监督身份为掩护,乘学堂举行毕业典礼之机刺死安徽巡抚恩铭,率领学生攻占军械局,弹尽被捕,当日惨遭杀害,心肝被恩铭的卫队挖出炒食。

就满脸都变成青色了。大门外立着一伙人，赵贵翁和他的狗，也在里面，都探头探脑的挨进来。有的是看不出面貌，似乎用布蒙着；有的是仍旧青面獠牙，抿着嘴笑。我认识他们是一伙，都是吃人的人。可是也晓得他们心思很不一样，一种是以为从来如此，应该吃的；一种是知道不该吃，可是仍然要吃，又怕别人说破他，所以听了我的话，越发气愤不过，可是抿着嘴冷笑。

这时候，大哥也忽然显出凶相，高声喝道，

"都出去！疯子有什么好看！"

这时候，我又懂得一件他们的巧妙了。他们岂但不肯改，而且早已布置；预备下一个疯子的名目罩上我。将来吃了，不但太平无事，怕还会有人见情。佃户说的大家吃了一个恶人，正是这方法。这是他们的老谱！

陈老五也气愤愤的直走进来。如何按得住我的口，我偏要对这伙人说，

"你们可以改了，从真心改起！要晓得将来容不得吃人的人，活在世上。

"你们要不改，自己也会吃尽。即使生得多，也会给真的人除灭了，同猎人打完狼子一样！——同虫子一样！"

那一伙人，都被陈老五赶走了。大哥也不知那里去了。陈老五劝我回屋子里去。屋里面全是黑沉沉的。横梁和椽子都在头上发抖；抖了一会，就大起来，堆在我身上。

万分沉重，动弹不得；他的意思是要我死。我晓得他的沉重是假的，便挣扎出来，出了一身汗。可是偏要说，

"你们立刻改了，从真心改起！你们要晓得将来是容不得吃人的人，……"

十一

太阳也不出，门也不开，日日是两顿饭。

我捏起筷子，便想起我大哥；晓得妹子死掉的缘故，也全在他。那时我妹子才五岁，可爱可怜的样子，还在眼前。母亲哭个不住，他却劝母亲不要哭；

大约因为自己吃了，哭起来不免有点过意不去。如果还能过意不去，……

妹子是被大哥吃了，母亲知道没有，我可不得而知。

母亲想也知道；不过哭的时候，却并没有说明，大约也以为应当的了。记得我四五岁时，坐在堂前乘凉，大哥说爷娘生病，做儿子的须割下一片肉来，煮熟了请他吃，[1]才算好人；母亲也没有说不行。一片吃得，整个的自然也吃得。但是那天的哭法，现在想起来，实在还教人伤心，这真是奇极的事！

十二

不能想了。

四千年来时时吃人的地方，今天才明白，我也在其中混了多年；大哥正管着家务，妹子恰恰死了，他未必不和在饭菜里，暗暗给我们吃。

我未必无意之中，不吃了我妹子的几片肉，现在也轮到我自己，……

有了四千年吃人履历的我，当初虽然不知道，现在明白，难见真的人！

十三

没有吃过人的孩子，或者还有？

救救孩子……

一九一八年四月

---

[1] 指"割股疗亲"，即割取自己的股肉煎药，以医治父母的重病。这是封建社会的一种愚孝行为。《宋史·选举志一》："上以孝取人，则勇者割股，怯者庐墓。"

[狂人日记 导读]

情节回顾

1. 文中的"狂人"表现出了怎样的"病态"?
2. 文中说的狂人"踹"了古久先生的陈年流水簿子是什么意思?
3. 在狂人眼中的大哥是个什么样的人?

作品理解

1. 小说中"狂人"的"狂"表现在哪两个方面?请简要分析。
2. 这是一篇日记体小说,以"日记"方式写小说有什么好处?

沉淀思考

小序与后面的日记究竟有怎样的关系?

编者按:

《狂人日记》是鲁迅的第一篇白话小说,后面陆续的一些作品或多或少都在这篇作品里能寻到端倪或是粗浅的形象。随着时间的进度,建议大家看完后面的诸多篇小说后再回看这篇《狂人日记》,你会发现其中埋藏着诸多的似曾相识,也许可以说鲁迅的这篇起始小说中埋藏了非常多的彩蛋,等着读者去发掘,去感悟,去联想。

孔乙己

鲁镇的酒店的格局，是和别处不同的：都是当街一个曲尺形的大柜台，柜里面预备着热水，可以随时温酒。做工的人，傍午傍晚散了工，每每花四文铜钱，买一碗酒，——这是二十多年前的事，现在每碗要涨到十文，——靠柜外站着，热热的喝了休息；倘肯多花一文，便可以买一碟盐煮笋，或者茴香豆，做下酒物了，如果出到十几文，那就能买一样荤菜，但这些顾客，多是短衣帮，大抵没有这样阔绰。只有穿长衫的，才踱进店面隔壁的房子里，要酒要菜，慢慢地坐喝。

我从十二岁起，便在镇口的咸亨酒店里当伙计，掌柜说，样子太傻，怕侍候不了长衫主顾，就在外面做点事罢。外面的短衣主顾，虽然容易说话，但唠唠叨叨缠夹不清的也很不少。他们往往要亲眼看着黄酒从坛子里舀出，看过壶子底里有水没有，又亲看将壶子放在热水里，然后放心：在这严重监督下，羼水也很为难。所以过了几天，掌柜又说我干不了这事。幸亏荐头的情面大，辞退不得，便改为专管温酒的一种无聊职务了。

我从此便整天的站在柜台里，专管我的职务。虽然没有什么失职，但总觉有些单调，有些无聊。掌柜是一副凶脸孔，主顾也没有好声气，教人活泼不得；只有孔乙己到店，才可以笑几声，所以至今还记得。

孔乙己是站着喝酒而穿长衫的唯一的人。他身材很高大；青白脸色，皱纹间时常夹些伤痕；一部乱蓬蓬的花白的胡子。穿的虽然是长衫，可是又脏又破，似乎十多年没有补，也没有洗。他对人说话，总是满口之乎者也，教人半懂不懂的。因为他姓孔，别人便从描红纸上的"上大人孔乙己"这半懂不懂的话里，替他取下一个绰号，叫作孔乙己。孔乙己一到店，所有喝酒的人便都看着他笑，有的叫道，"孔乙己，你脸上又添上新伤疤了！"他不回答，对柜里说，"温两碗酒，要一碟茴香豆。"便排出九文大钱。他们又故意的高声嚷道，"你一定又偷了人家的东西了！"孔乙己睁大眼睛说，"你怎么这样凭空污人清白……""什么清白？我前天亲眼见你偷了何家的书，吊着打。"孔乙己便涨红了脸，额上的青筋条条绽出，争辩道，"窃书不能算偷……窃书！……读书人的事，能算偷么？"接连便是难懂的话，什么"君子固穷"，什么"者乎"之类，引得众人都哄笑起来：店内外充满了快活的空气。

听人家背地里谈论，孔乙己原来也读过书，但终于没有进学，又不会营生；于是愈过愈穷，弄到将要讨饭了。幸而写得一笔好字，便替人家钞钞书，换一碗饭吃。可惜他又有一样坏脾气，便是好喝懒做。坐不到几天，便连人和书籍纸张笔砚，一齐失踪。如是几次，叫他钞书的人也没有了。孔乙己没有法，便免不了偶然做些偷窃的事。但他在我们店里，品行却比别人都好，就是从不拖欠；虽然间或没有现钱，暂时记在粉板上，但不出一月，定然还清，从粉板上拭去了孔乙己的名字。

孔乙己喝过半碗酒，涨红的脸色渐渐复了原，旁人便又问道，"孔乙己，你当真认识字么？"孔乙己看着问他的人，显出不屑置辩的神气。他们便接着说道，"你怎的连半个秀才也捞不到呢？"孔乙己立刻显出颓唐不安模样，脸上笼上了一层灰色，嘴里说些话；这回可是全是之乎者也之类，一些不懂了。在这时候，众人也都哄笑起来：店内外充满了快活的空气。

在这些时候，我可以附和着笑，掌柜是决不责备的。而且掌柜见了孔乙己，也每每这样问他，引人发笑。孔乙己自己知道不能和他们谈天，便只好向孩子说话。有一回对我说道，"你读过书么？"我略略点一点头。他说，"读过书，……我便考你一考。茴香豆的茴字，怎样写的？"我想，讨饭一样的人，也配考我么？便回过脸去，不再理会。孔乙己等了许久，很恳切的说道，

"不能写罢？……我教给你，记着！这些字应该记着。将来做掌柜的时候，写账要用。"我暗想我和掌柜的等级还很远呢，而且我们掌柜也从不将茴香豆上账；又好笑，又不耐烦，懒懒的答他道，"谁要你教，不是草头底下一个来回的回字么？"孔乙己显出极高兴的样子，将两个指头的长指甲敲着柜台，点头说，"对呀对呀！……回字有四样写法，你知道么？"我愈不耐烦了，努着嘴走远。孔乙己刚用指甲蘸了酒，想在柜上写字，见我毫不热心，便又叹一口气，显出极惋惜的样子。

有几回，邻居孩子听得笑声，也赶热闹，围住了孔乙己。他便给他们茴香豆吃，一人一颗。孩子吃完豆，仍然不散，眼睛都望着碟子。孔乙己着了慌，伸开五指将碟子罩住，弯腰下去说道，"不多了，我已经不多了。"直起身又看一看豆，自己摇头说，"不多不多！多乎哉？不多也。"于是这一群孩子都在笑声里走散了。

孔乙己是这样的使人快活，可是没有他，别人也便这么过。

有一天，大约是中秋前的两三天，掌柜正在慢慢的结账，取下粉板，忽然说，"孔乙己长久没有来了。还欠十九个钱呢！"我才也觉得他的确长久没有来了。一个喝酒的人说道，"他怎么会来？……他打折了腿了。"掌柜说，"哦！""他总仍旧是偷。这一回，是自己发昏，竟偷到丁举人家里去了。他家的东西，偷得的么？""后来怎么样？""怎么样？先写服辩，后来是打，打了大半夜，再打折了腿。""后来呢？""后来打折了腿了。""打折了怎样呢？""怎样？……谁晓得？许是死了。"掌柜也不再问，仍然慢慢的算他的账。

中秋过后，秋风是一天凉比一天，看看将近初冬；我整天的靠着火，也须穿上棉袄了。一天的下半天，没有一个顾客，我正合了眼坐着。忽然间听得一个声音，"温一碗酒。"这声音虽然极低，却很耳熟。看时又全没有人。站起来向外一望，那孔乙己便在柜台下对了门槛坐着。他脸上黑而且瘦，已经不成样子；穿一件破夹袄，盘着两腿，下面垫一个蒲包，用草绳在肩上挂住；见了我，又说道，"温一碗酒。"掌柜也伸出头去，一面说，"孔乙己么？你还欠十九个钱呢！"孔乙己很颓唐的仰面答道，"这……下回还清罢。这一回是现钱，酒要好。"掌柜仍然同平常一样，笑着对他说，"孔乙己，你又偷了东西了！"但他这回却不十分分辩，单说了一句"不要取笑！""取笑？要是不偷，怎么会打断腿？"孔乙己低声说道，"跌断，跌，跌……"他的眼色，很像恳求掌柜，不要再提。此时已经聚集了几个人，便和掌柜都笑了。我温了酒，端出去，放在门槛上。他从破衣袋里摸出四文大钱，放在我手里，见他满手是泥，原来他便用这手走来的。不一会，他喝完酒，便又在旁人的说笑声中，坐着用这手慢慢走去了。

　　自此以后，又长久没有看见孔乙己。到了年关，掌柜取下粉板说，"孔乙己还欠十九个钱呢！"到第二年的端午，又说"孔乙己还欠十九个钱呢！"到中秋可是没有说，再到年关也没有看见他。

　　我到现在终于没有见——大约孔乙己的确死了。

一九一九年三月

[孔乙己 导读]

情节回顾

1. 文章开头在写鲁镇酒店的格局之后，写"短衣帮""大抵没有这样阔绰"，只有"穿长衫"的才踱进房子里"慢慢地坐喝"，作者在孔乙己出场之前这样写有什么作用？
2. 孔乙己是一个什么样的人呢？你能否用几个词给他做一番总结？
3. 试试看回顾文章，归结一下文中都写了哪几类人，他们都是怎么对待孔乙己的？

作品理解

1. 文中对孔乙己的出现进行了一个白描似的肖像描写："孔乙己是站着喝酒而穿长衫的唯一的人。他身材很高大；青白脸色，皱纹间时常夹些伤痕；一部乱蓬蓬的花白的胡子。"你能解读出这几句中鲁迅先生所要表现和刻画的孔乙己表面形象背后的东西吗？
2. 掌柜说的"孔乙己还欠十九个钱呢！"在选文中反复出现四次，作者这样写有何用意？（贵州省铜仁市2017年中考题）
3. 文末"我到现在终于没有见——大约孔乙己的确死了。"既然是"大约"，为什么又说"的确"，这是否矛盾？作者为什么这样写？（贵州省铜仁市2017年中考题）

沉淀思考

孔乙己的人生是一出悲剧，但是咸亨酒店的笑声总与孔乙己有关。他在笑声中出现，在笑声中被嘲弄，在笑声中离去。你如何理解作者在文中多次写到孔乙己总是引人发笑，他总能"使人快活"？

编者按：

孔乙己，站着喝酒而穿长衫的唯一的人，十足就像故事中那只"似鸟非鸟，是兽非兽"的"蝙蝠"，成了身份尴尬的多余人。这分明就是个被"吃"掉的人的实例，他是个被封建教化吃掉了性灵和思想，丧失了个性和灵魂的傀儡而已。

药

一

秋天的后半夜，月亮下去了，太阳还没有出，只剩下一片乌蓝的天；除了夜游的东西，什么都睡着。华老栓忽然坐起身，擦着火柴，点上遍身油腻的灯盏，茶馆的两间屋子里，便弥满了青白的光。

"小栓的爹，你就去么？"是一个老女人的声音。里边的小屋子里，也发出一阵咳嗽。

"唔。"老栓一面听，一面应，一面扣上衣服；伸手过去说，"你给我罢。"

华大妈在枕头底下掏了半天，掏出一包洋钱，交给老栓，老栓接了，抖抖的装入衣袋，又在外面按了两下；便点上灯笼，吹熄灯盏，走向里屋子去了。那屋子里面，正在窸窸窣窣的响，接着便是一通咳嗽。老栓候他平静下去，才低低的叫道，"小栓……你不要起来。……店么？你娘会安排的。"

老栓听得儿子不再说话，料他安心睡了；便出了门，走到街上。街上黑沉沉的一无所有，只有一条灰白的路，看得分明。灯光照着他的两脚，一前一后的走。有时也遇到几只狗，可是一只也没有叫。天气比屋子里冷得多了；老栓倒觉爽快，仿佛一旦变了少年，得了神通，有给人生命的本领似的，跨步格外高远。而且路也愈走愈分明，天也愈走愈亮了。

老栓正在专心走路，忽然吃了一惊，远远里看见一条丁字街，明明白白横着。他便退了几步,寻到一家关着门的铺子,蹩进檐下,靠门立住了。好一会,身上觉得有些发冷。

"哼,老头子。"

"倒高兴……。"

老栓又吃一惊,睁眼看时,几个人从他面前过去了。一个还回头看他,样子不甚分明,但很像久饿的人见了食物一般,眼里闪出一种攫取的光。老栓看看灯笼,已经熄了。按一按衣袋,硬硬的还在。仰起头两面一望,只见许多古怪的人,三三两两,鬼似的在那里徘徊;定睛再看,却也看不出什么别的奇怪。

没有多久,又见几个兵,在那边走动;衣服前后的一个大白圆圈,远地里也看得清楚,走过面前的,并且看出号衣上暗红色的镶边。——一阵脚步声响,一眨眼,已经拥过了一大簇人。那三三两两的人,也忽然合作一堆,潮一般向前赶;将到丁字街口,便突然立住,簇成一个半圆。

老栓也向那边看,却只见一堆人的后背;颈项都伸得很长,仿佛许多鸭,被无形的手捏住了的,向上提着。静了一会,似乎有点声音,便又动摇起来,轰的一声,都向后退;一直散到老栓立着的地方,几乎将他挤倒了。

"喂!一手交钱,一手交货!"一个浑身黑色的人,站在老栓面前,眼光正像两把刀,刺得老栓缩小了一半。那人一只大手,向他摊着;一只手却撮着一个鲜红的馒头,那红的还是一点一点的往下滴。

老栓慌忙摸出洋钱,抖抖的想交给他,却又不敢去接他的东西。那人便焦急起来,嚷道,"怕什么?怎的不拿!"老栓还踌躇着;黑的人便抢过灯笼,一把扯下纸罩,裹了馒头,塞与老栓;一手抓过洋钱,捏一捏,转身去了。嘴里哼着说,"这老东西……。"

"这给谁治病的呀?"老栓也似乎听得有人问他,但他并不答应;他的精神,现在只在一个包上,仿佛抱着一个十世单传的婴儿,别的事情,都已置之度外了。他现在要将这包里的新的生命,移植到他家里,收获许多幸福。太阳也出来了;在他面前,显出一条大道,直到他家中,后面也照见丁字街头破匾上"古□亭口"这四个黯淡的金字。

二

老栓走到家,店面早经收拾干净,一排一排的茶桌,滑溜溜的发光。但是没有客人;只有小栓坐在里排的桌前吃饭,大粒的汗,从额上滚下,夹袄也贴住了脊心,两块肩胛骨高高凸出,印成一个阳文的"八"字。老栓见这样子,不免皱一皱展开的眉心。他的女人,从灶下急急走出,睁着眼睛,嘴唇有些发抖。

"得了么?"

"得了。"

两个人一齐走进灶下,商量了一会;华大妈便出去了,不多时,拿着一片老荷叶回来,摊在桌上。老栓也打开灯笼罩,用荷叶重新包了那红的馒头。小栓也吃完饭,他的母亲慌忙说:——

"小栓——你坐着,不要到这里来。"

一面整顿了灶火,老栓便把一个碧绿的包,一个红红白白的破灯笼,一同塞在灶里;一阵红黑的火焰过去时,店屋里散满了一种奇怪的香味。

"好香!你们吃什么点心呀?"这是驼背五少爷到了。这人每天总在茶馆里过日,来得最早,去得最迟,此时恰恰蹩到临街的壁角的桌边,便坐下问话,然而没有人答应他。"炒米粥么?"仍然没有人应。老栓匆匆走出,给他泡上茶。

"小栓进来罢!"华大妈叫小栓进了里面的屋子,中间放好一条凳,小栓坐了。他的母亲端过一碟乌黑的圆东西,轻轻说:——

"吃下去罢,——病便好了。"

小栓撮起这黑东西,看了一会,似乎拿着自己的性命一般,心里说不出的奇怪。十分小心的拗开了,焦皮里面窜出一道白气,白气散了,是两半个白面的馒头。——不多工夫，已经全在肚里了，却全忘了什么味；面前只剩下一张空盘。他的旁边，一面立着他的父亲，一面立着他的母亲，两人的眼光，都仿佛要在他身里注进什么又要取出什么似的；便禁不住心跳起来，按着胸，又是一阵咳嗽。

"睡一会罢，——便好了。"

小栓依他母亲的话，咳着睡了。华大妈候他喘气平静，才轻轻的给他盖上了满幅补钉的夹被。

三

店里坐着许多人，老栓也忙了，提着大铜壶，一趟一趟的给客人冲茶；两个眼眶，都围着一圈黑线。

"老栓，你有些不舒服么？——你生病么？"一个花白胡子的人说。

"没有。"

"没有？——我想笑嘻嘻的，原也不像……"花白胡子便取消了自己的话。

"老栓只是忙。要是他的儿子……"驼背五少爷话还未完，突然闯进了一个满脸横肉的人，披一件玄色布衫，散着纽扣，用很宽的玄色腰带，胡乱捆在腰间。刚进门，便对老栓嚷道：——

"吃了么？好了么？老栓，就是运气了你！你运气，要不是我信息灵……。"

老栓一手提了茶壶，一手恭恭敬敬的垂着；笑嘻嘻的听。满座的人，也都恭恭敬敬的听。华大妈也黑着眼眶，笑嘻嘻的送出茶碗茶叶来，加上一个橄榄，老栓便去冲了水。

"这是包好！这是与众不同的。你想，趁热的拿来，趁热吃下。"横肉的人只是嚷。

"真的呢，要没有康大叔照顾，怎么会这样……"华大妈也很感激的谢他。

"包好，包好！这样的趁热吃下。这样的人血馒头，什么痨病都包好！"

华大妈听到"痨病"这两个字，变了一点脸色，似乎有些不高兴；但又立刻堆上笑，搭赸着走开了。这康大叔却没有觉察，仍然提高了喉咙只是嚷，嚷得里面睡着的小栓也合伙咳嗽起来。

"原来你家小栓碰到了这样的好运气了。这病自然一定全好；怪不得老栓整天的笑着呢。"花白胡子一面说，一面走到康大叔面前，低声下气的问道，"康大叔——听说今天结果的一个犯人，便是夏家的孩子，那是谁的孩子？究竟是什么事？"

"谁的？不就是夏四奶奶的儿子么？那个小家伙！"康大叔见众人都耸起耳朵听他，便格外高兴，横肉块块饱绽，越发大声说，"这小东西不要命，不要就是了。我可是这一回一点没有得到好处；连剥下来的衣服，都给管牢的红眼睛阿义拿去了。——第一要算我们栓叔运气；第二是夏三爷赏了二十五两雪白的银子，独自落腰包，一文不花。"

小栓慢慢的从小屋子走出，两手按了胸口，不住的咳嗽；走到灶下，盛出一碗冷饭，泡上热水，坐下便吃。华大妈跟着他走，轻轻的问道，"小栓，你好些么？——你仍旧只是肚饿？……"

"包好，包好！"康大叔瞥了小栓一眼，仍然回过脸，对众人说，"夏三爷真是乖角儿，要是他不先告官，连他满门抄斩。现在怎样？银子！——这小东西也真不成东西！关在牢里，还要劝牢头造反。"

"阿呀，那还了得。"坐在后排的一个二十多岁的人，很现出气愤模样。

"你要晓得红眼睛阿义是去盘盘底细的，他却和他攀谈了。他说，这大清的天下是我们大家的。你想：这是人话么？红眼睛原知道他家里只有一个老娘，可是没有料到他竟会那么穷，榨不出一点油水，已经气破肚皮了。他还要老虎头上搔痒，便给他两个嘴巴！"

"义哥是一手好拳棒，这两下，一定够他受用了。"壁角的驼背忽然高兴起来。

"他这贱骨头打不怕，还要说可怜可怜哩。"

花白胡子的人说,"打了这种东西,有什么可怜呢?"

康大叔显出看他不上的样子,冷笑着说,"你没有听清我的话;看他神气,是说阿义可怜哩!"

听着的人的眼光,忽然有些板滞;话也停顿了。小栓已经吃完饭,吃得满身流汗,头上都冒出蒸气来。

"阿义可怜——疯话,简直是发了疯了。"花白胡子恍然大悟似的说。

"发了疯了。"二十多岁的人也恍然大悟的说。

店里的坐客,便又现出活气,谈笑起来。小栓也趁着热闹,拼命咳嗽;康大叔走上前,拍他肩膀说:——

"包好!小栓——你不要这么咳。包好!"

"疯了。"驼背五少爷点着头说。

四

西关外靠着城根的地面,本是一块官地;中间歪歪斜斜一条细路,是贪走便道的人,用鞋底造成的,但却成了自然的界限。路的左边,都埋着死刑和瘐毙的人,右边是穷人的丛冢。两面都已埋到层层叠叠,宛然阔人家里祝寿时候的馒头。

这一年的清明,分外寒冷;杨柳才吐出半粒米大的新芽。天明未久,华大妈已在右边的一座新坟前面,排出四碟菜,一碗饭,哭了一场。化过纸,呆呆的坐在地上;仿佛等候什么似的,但自己也说不出等候什么。微风起来,吹动他短发,确乎比去年白得多了。

小路上又来了一个女人,也是半白头发,褴褛的衣裙;提一个破旧的朱漆圆篮,外挂一串纸锭,三步一歇的走。忽然见华大妈坐在地上看他,便有些踌躇,惨白的脸上,现出些羞愧的颜色;但终于硬着头皮,走到左边的一座坟前,放下了篮子。

那坟与小栓的坟，一字儿排着，中间只隔一条小路。华大妈看他排好四碟菜，一碗饭，立着哭了一通，化过纸锭；心里暗暗地想，"这坟里的也是儿子了。"那老女人徘徊观望了一回，忽然手脚有些发抖，跄跄踉踉退下几步，瞪着眼只是发怔。

华大妈见这样子，生怕他伤心到快要发狂了；便忍不住立起身，跨过小路，低声对他说，"你这位老奶奶不要伤心了，——我们还是回去罢。"

那人点一点头，眼睛仍然向上瞪着；也低声吃吃的说道，"你看，——看这是什么呢？"

华大妈跟了他指头看去，眼光便到了前面的坟，这坟上草根还没有全合，露出一块一块的黄土，煞是难看。再往上仔细看时，却不觉也吃一惊；——分明有一圈红白的花，围着那尖圆的坟顶。

他们的眼睛都已老花多年了，但望这红白的花，却还能明白看见。花也不很多，圆圆的排成一个圈，不很精神，倒也整齐。华大妈忙看他儿子和别人的坟，却只有不怕冷的几点青白小花，零星开着；便觉得心里忽然感到一种不足和空虚，不愿意根究。那老女人又走近几步，细看了一遍，自言自语的说，"这没有根，不像自己开的。——这地方有谁来呢？孩子不会来玩；——亲戚本家早不来了。——这是怎么一回事呢？"他想了又想，忽又流下泪来，大声说道，——

"瑜儿，他们都冤枉了你，你还是忘不了，伤心不过，今天特意显点灵，要我知道么？"他四面一看，只见一只乌鸦，站在一株没有叶的树上，便接着说，"我知道了。——瑜儿，可怜他们坑了你，他们将来总有报应，天都知道；你闭了眼睛就是了。——你如果真在这里，听到我的话，——便教这乌鸦飞上你的坟顶，给我看罢。"

微风早经停息了；枯草支支直立，有如铜丝。一丝发抖的声音，在空气中愈颤愈细，细到没有，周围便都是死一般静。两人站在枯草丛里，仰面看那乌鸦；那乌鸦也在笔直的树枝间，缩着头，铁铸一般站着。

许多的工夫过去了；上坟的人渐渐增多，几个老的小的，在土坟间出没。

华大妈不知怎的，似乎卸下了一挑重担，便想到要走；一面劝着说，"我们还是回去罢。"

　　那老女人叹一口气，无精打采的收起饭菜；又迟疑了一刻，终于慢慢地走了。嘴里自言自语的说，"这是怎么一回事呢？……"

　　他们走不上二三十步远，忽听得背后"哑——"的一声大叫；两个人都竦然的回过头，只见那乌鸦张开两翅，一挫身，直向着远处的天空，箭也似的飞去了。

一九一九年四月

[药 导读]

情节回顾

1. 华小栓得了什么病？华老栓给他找来的"包好"的药是什么？
2. 文中出现的人物有哪些？你能把他们大致分个类别吗？
3. 你能试着概括总结一下这篇文章的内容和主题吗？

作品理解

1. 文中两家人，一家姓华，一家姓夏，你觉得这样设定有什么意义吗？
2. 在文章结尾，乌鸦向着远处的天空飞去了，而作品中夏瑜母亲说："瑜儿，可怜他们坑了你，他们将来总有报应，天都知道；你闭了眼睛就是了。——你如果真在这里，听到我的话，——便教这乌鸦飞上你的坟顶，给我看罢。"乌鸦的飞走是不是说明夏瑜的死并不冤枉呢？你怎么想？
3. 文章的题目《药》，含义深刻，你能解读出来几层意思呢？
4. 你能说出《药》在结构上有何特点吗？

沉淀思考

1. 小说结尾那个坟上的花环会是谁放上的呢？为什么会出现这样一个花环呢？
2. 文中有一个情节，夏瑜被阿义打了，却说阿义可怜，为什么？
3. 鲁迅《药》中的时代已经过去，但是类似人血馒头这样的药就再不会出现了吗？人血馒头肯定是不能包治百病的，那么中国社会的问题到底要靠什么药来救治才有效呢？

编者按：

鲁迅在本文中对人物的命名都别有深意。比如夏瑜这个人物是作者根据清末的革命者秋瑾而来的，夏和秋是四季之一，瑜和瑾都是指的美玉。华、夏两家的悲剧也是整个中国社会的悲剧，华、夏两家的悲哀，也是中国整个辛亥革命的悲哀。再来看反动派爪牙的康大叔和阿义，康大叔的"康"，实际上讽刺了他病弱的灵魂及鲜廉寡耻，鲁迅曾在《呐喊·自序》中说过，"凡是愚弱的国民，即使体格如何健全，如何茁壮，也只能做毫无意义的示众的材料和看客"。恐怕其意就在于此。而阿义更是一个贪婪无耻之徒，他的言行与"义"相去甚远，这种反差方式的起名更容易引起读者的注意和思考，也增强了小说的批判意义。再有华老栓、华小栓，"栓"是一种阻塞物，而这里比喻的则是思想的愚昧、麻木，就像栓一样阻塞了人的性灵通畅，从老到小都是"栓"这种沿袭继承，更是体现了作者对未来的忧虑。总之，通过推敲这些人物的命名，我们也可以看到鲁迅思想的深邃和作品所包含的丰富的哲理启发性。

明 天

"没有声音,——小东西怎了?"

红鼻子老拱手里擎了一碗黄酒,说着,向间壁努一努嘴。蓝皮阿五便放下酒碗,在他脊梁上用死劲打了一掌,含含糊糊嚷道:

"你……你你又在想心思……。"

原来鲁镇是僻静地方,还有些古风:不上一更,大家便都关门睡觉。深更半夜没有睡的只有两家:一家是咸亨酒店,几个酒肉朋友围着柜台,吃喝得正高兴;一家便是间壁的单四嫂子,他自从前年守了寡,便须专靠着自己的一双手纺出棉纱来,养活他自己和他三岁的儿子,所以睡的也迟。

这几天,确凿没有纺纱的声音了。但夜深没有睡的既然只有两家,这单四嫂子家有声音,便自然只有老拱们听到,没有声音,也只有老拱们听到。

老拱挨了打,仿佛很舒服似的喝了一大口酒,呜呜的唱起小曲来。

这时候,单四嫂子正抱着他的宝儿,坐在床沿上,纺车静静的立在地上。黑沉沉的灯光,照着宝儿的脸,绯红里带一点青。单四嫂子心里计算:神签也求过了,愿心也许过了,单方也吃过了,要是还不见效,怎么好?——那只有去诊何小仙了。但宝儿也许是日轻夜重,到了明天,太阳一出,热也会退,气喘也会平的:这实在是病人常有的事。

单四嫂子是一个粗笨女人,不明白这"但"字的可怕:许多坏事固然幸亏有了他才变好,许多好事却也因为有了他都弄糟。夏天夜短,老拱们呜呜的唱完了不多时，东方已经发白；不一会，窗缝里透进了银白色的曙光。

单四嫂子等候天明，却不像别人这样容易，觉得非常之慢，宝儿的一呼吸，几乎长过一年。现在居然明亮了；天的明亮，压倒了灯光，——看见宝儿的鼻翼，已经一放一收的扇动。

单四嫂子知道不妙，暗暗叫一声"阿呀！"心里计算：怎么好？只有去诊何小仙这一条路了。他虽然是粗笨女人，心里却有决断，便站起身，从木柜子里掏出每天节省下来的十三个小银元和一百八十铜钱，都装在衣袋里，锁上门，抱着宝儿直向何家奔过去。

天气还早，何家已经坐着四个病人了。他摸出四角银元，买了号签，第五个便轮到宝儿。何小仙伸开两个指头按脉，指甲足有四寸多长，单四嫂子暗地纳罕，心里计算：宝儿该有活命了。但总免不了着急，忍不住要问，便局局促促的说：

"先生，——我家的宝儿什么病呀？"

"他中焦塞着。"

"不妨事么？他……"

"先去吃两帖。"

"他喘不过气来，鼻翅子都扇着呢。"

"这是火克金……"

何小仙说了半句话，便闭上眼睛；单四嫂子也不好意思再问。在何小仙对面坐着的一个三十多岁的人，此时已经开好一张药方，指着纸角上的几个字说道：

"这第一味保婴活命丸，须是贾家济世老店才有！"

单四嫂子接过药方，一面走，一面想。他虽是粗笨女人，却知道何家与济世老店与自己的家，正是一个三角点；自然是买了药回去便宜了。于是又径向济世老店奔过去。店伙也翘了长指甲慢慢的看方，慢慢的包药。单四嫂子抱了宝儿等着；宝儿忽然擎起小手来，用力拔他散乱着的一缕头发，这是从来没有的举动，单四嫂子怕得发怔。

太阳早出了。单四嫂子抱了孩子,带着药包,越走觉得越重;孩子又不住的挣扎,路也觉得越长。没奈何坐在路旁一家公馆的门槛上,休息了一会,衣服渐渐的冰着肌肤,才知道自己出了一身汗;宝儿却仿佛睡着了。他再起来慢慢地走,仍然支撑不得,耳朵边忽然听得人说:——

"单四嫂子,我替你抱勃罗!"似乎是蓝皮阿五的声音。

他抬头看时,正是蓝皮阿五,睡眼朦胧的跟着他走。

单四嫂子在这时候,虽然很希望降下一员天将,助他一臂之力,却不愿是阿五。但阿五有点侠气,无论如何,总是偏要帮忙,所以推让了一会,终于得了许可了。他便伸开臂膊,从单四嫂子的乳房和孩子中间,直伸下去,抱去了孩子。单四嫂子便觉乳房上发了一条热,刹时间直热到脸上和耳根。

他们两人离开了二尺五寸多地,一同走着。阿五说些话,单四嫂子却大半没有答。走了不多时候,阿五又将孩子还给他,说是昨天与朋友约定的吃饭时候到了;单四嫂子便接了孩子。幸而不远便是家,早看见对门的王九妈在街边坐着,远远地说话:——

"单四嫂子,孩子怎了?——看过先生了么?"

"看是看了。——王九妈,你有年纪,见的多,不如请你老法眼看一看,怎样……"

"唔……"

"怎样……?"

"唔……"王九妈端详了一番,把头点了两点,摇了两摇。

宝儿吃下药,已经是午后了。单四嫂子留心看他神情,似乎仿佛平稳了不少;到得下午,忽然睁开眼叫一声"妈!"又仍然合上眼,像是睡去了。他睡了一刻,额上鼻尖都沁出一粒一粒的汗珠,单四嫂子轻轻一摸,胶水般粘着手;慌忙去摸胸口,便禁不住呜咽起来。

宝儿的呼吸从平稳变到没有,单四嫂子的声音也就从呜咽变成号咷。这时聚集了几堆人:门内是王九妈蓝皮阿五之类,门外是咸亨的掌柜和红鼻子老拱之类。王九妈便发命令,烧了一串纸钱;又将两条板凳和五件衣服作抵,替单四嫂子借了两块洋钱,给帮忙的人备饭。

 第一个问题是棺木。单四嫂子还有一副银耳环和一支裹金的银簪,都交给了咸亨的掌柜,托他作一个保,半现半赊的买一具棺木。蓝皮阿五也伸出手来,很愿意自告奋勇;王九妈却不许他,只准他明天抬棺材的差使,阿五骂了一声"老畜生",怏怏的努了嘴站着。掌柜便自去了;晚上回来,说棺木须得现做,后半夜才成功。

 掌柜回来的时候,帮忙的人早吃过饭;因为鲁镇还有些古风,所以不上一更,便都回家睡觉了。只有阿五还靠着咸亨的柜台喝酒,老拱也呜呜的唱。

 这时候,单四嫂子坐在床沿上哭着,宝儿在床上躺着,纺车静静的在地上立着。许多工夫,单四嫂子的眼泪宣告完结了,眼睛张得很大,看看四面的情形,觉得奇怪:所有的都是不会有的事。他心里计算:不过是梦罢了,这些事都是梦。明天醒过来,自己好好的睡在床上,宝儿也好好的睡在自己身边。他也醒过来,叫一声"妈",生龙活虎似的跳去玩了。

 老拱的歌声早经寂静,咸亨也熄了灯。单四嫂子张着眼,总不信所有的事。——鸡也叫了;东方渐渐发白,窗缝里透进了银白色的曙光。

 银白的曙光又渐渐显出绯红,太阳光接着照到屋脊。单四嫂子张着眼,呆呆坐着;听得打门声音,才吃了一吓,跑出去开门。门外一个不认识的人,背了一件东西;后面站着王九妈。

 哦,他们背了棺材来了。

 下半天,棺木才合上盖:因为单四嫂子哭一回,看一回,总不肯死心塌地的盖上;幸亏王九妈等得不耐烦,气愤愤的跑上前,一把拖开他,才七手八脚的盖上了。

 但单四嫂子待他的宝儿,实在已经尽了心,再没有什么缺陷。昨天烧过一串纸钱,上午又烧了四十九卷《大悲咒》;收敛的时候,给他穿上顶新的衣裳,平日喜欢的玩意儿,——一个泥人,两个小木碗,两个玻璃瓶,——都放在枕头旁边。后来王九妈掐着指头仔细推敲,也终于想不出一些什么缺陷。

 这一日里,蓝皮阿五简直整天没有到;咸亨掌柜便替单四嫂子雇了两名脚夫,每名二百另十个大钱,抬棺木到义冢地上安放。王九妈又帮他煮了饭,凡是动过手开过口的人都吃了饭。太阳渐渐显出要落山的颜色；吃过饭的人也不觉都显出要回家的颜色，——于是他们终于都回了家。

单四嫂子很觉得头眩，歇息了一会，倒居然有点平稳了。但他接连着便觉得很异样：遇到了平生没有遇到过的事，不像会有的事，然而的确出现了。他越想越奇，又感到一件异样的事——这屋子忽然太静了。

他站起身，点上灯火，屋子越显得静。他昏昏的走去关上门，回来坐在床沿上，纺车静静的立在地上。他定一定神，四面一看，更觉得坐立不得，屋子不但太静，而且也太大了，东西也太空了。太大的屋子四面包围着他，太空的东西四面压着他，叫他喘气不得。

他现在知道他的宝儿确乎死了；不愿意见这屋子，吹熄了灯，躺着。他一面哭，一面想：想那时候，自己纺着棉纱，宝儿坐在身边吃茴香豆，瞪着一双小黑眼睛想了一刻，便说，"妈！爹卖馄饨，我大了也卖馄饨，卖许多许多钱，——我都给你。"那时候，真是连纺出的棉纱，也仿佛寸寸都有意思，寸寸都活着。但现在怎么了？现在的事，单四嫂子却实在没有想到什么。——我早经说过：他是粗笨女人。他能想出什么呢？他单觉得这屋子太静，太大，太空罢了。

但单四嫂子虽然粗笨，却知道还魂是不能有的事，他的宝儿也的确不能再见了。叹一口气，自言自语的说，"宝儿，你该还在这里，你给我梦里见见罢。"于是合上眼，想赶快睡去，会他的宝儿，苦苦的呼吸通过了静和大和空虚，自己听得明白。

单四嫂子终于朦朦胧胧的走入睡乡，全屋子都很静。这时红鼻子老拱的小曲，也早经唱完；跄跄踉踉出了咸亨，却又提尖了喉咙，唱道：

"我的冤家呀！——可怜你，——孤另另的……"

蓝皮阿五便伸手揪住了老拱的肩头，两个人七歪八斜的笑着挤着走去。

单四嫂子早睡着了，老拱们也走了，咸亨也关上门了。这时的鲁镇，便完全落在寂静里。只有那暗夜为想变成明天，却仍在这寂静里奔波；另有几条狗，也躲在暗地里呜呜的叫。

一九二〇年六月

[明天 导读]

情节回顾

1. 你能试着对小说《明天》的内容和主题做一个简要的概括和分析吗？
2. 小说开头就说"鲁镇有些古风"，这些古风是什么呢？为什么要写鲁镇的古风呢？
3. 本文故事的发生时间历经了多久呢？

作品理解

1. 第七段中"单四嫂子心里计算：神签也求过了，愿心也许过了，单方也吃过了，要是还不见效，怎么好？——那只有去诊何小仙了。但宝儿也许是日轻夜重，到了明天，太阳一出，热也会退，气喘也会平的：这实在是病人常有的事"这里的句子用了什么描写方法？如何理解这段话的含义？
2. 请试着分析一下单四嫂子这一人物形象。

沉淀思考

《明天》中，结尾有一句话，"只有那暗夜为想变成明天，却仍在这寂静里奔波"这句话怎么理解，这里的暗夜和明天，除了文中表现的两处：单四嫂子的宝儿明天会好的；明天他们会抬来棺材，还有哪里有指代明天，还有这些最终指向是什么？

编者按：

单四嫂子的姓谐音是"善"，但是善的人就有善终吗？她已经是寡妇，孩子的死更是让她无法承受，但是她就像一个女版的成年闰土，苦得像个木偶人了，什么都说不出，在睡梦中期求与儿相见。她和《药》中的华老栓夫妇一样都是倾尽全力救治自己的孩子，但是结果却一样，是因为愚昧和盲信最后落得人财两空。另外鲁迅作品中人物的起名也都往往看似简单却别有蕴意，红鼻子老拱，蓝皮阿五，何小仙，每一个名字都很有值得玩味的地方，充满了暗示和反讽。

一件小事 [1]

我从乡下跑到京城里,一转眼已经六年了。其间耳闻目睹的所谓国家大事,算起来也很不少;但在我心里,都不留什么痕迹,倘要我寻出这些事的影响来说,便只是增长了我的坏脾气,——老实说,便是教我一天比一天的看不起人。

但有一件小事,却于我有意义,将我从坏脾气里拖开,使我至今忘记不得。

这是民国六年的冬天,大北风刮得正猛,我因为生计关系,不得不一早在路上走。一路几乎遇不见人,好容易才雇定了一辆人力车,教他拉到S门去。不一会,北风小了,路上浮尘早已刮净,剩下一条洁白的大道来,车夫也跑得更快。刚近S门,忽而车把上带着一个人,慢慢地倒了。

跌倒的是一个女人,花白头发,衣服都很破烂。伊从马路上突然向车前横截过来;车夫已经让开道,但伊的破棉背心没有上扣,微风吹着,向外展开,所以终于兜着车把。幸而车夫早有点停步,否则伊定要栽一个大斤斗,跌到头破血出了。

伊伏在地上;车夫便也立住脚。我料定这老女人并没有伤,又没有别人看见,便很怪他多事,要自己惹出是非,也误了我的路。

我便对他说,"没有什么的。走你的罢!"

车夫毫不理会,——或者并没有听到,——却放下车子,扶那老女人慢慢

---

[1] 本篇最初发表于一九一九年十二月一日北京《晨报·周年纪念增刊》。

起来，搀着臂膊立定，问伊说：

"你怎么啦？"

"我摔坏了。"

我想，我眼见你慢慢倒地，怎么会摔坏呢，装腔作势罢了，这真可憎恶。车夫多事，也正是自讨苦吃，现在你自己想法去。

车夫听了这老女人的话，却毫不踌躇，仍然搀着伊的臂膊，便一步一步的向前走。我有些诧异，忙看前面，是一所巡警分驻所，大风之后，外面也不见人。这车夫扶着那老女人，便正是向那大门走去。

我这时突然感到一种异样的感觉，觉得他满身灰尘的后影，刹时高大了，而且愈走愈大，须仰视才见。而且他对于我，渐渐的又几乎变成一种威压，甚而至于要榨出皮袍下面藏着的"小"来。

我的活力这时大约有些凝滞了，坐着没有动，也没有想，直到看见分驻所里走出一个巡警，才下了车。

巡警走近我说，"你自己雇车罢，他不能拉你了。"

我没有思索的从外套袋里抓出一大把铜元，交给巡警，说，"请你给他……"

风全住了，路上还很静。我走着，一面想，几乎怕敢想到我自己。以前的事姑且搁起，这一大把铜元又是什么意思？奖他么？我还能裁判车夫么？我不能回答自己。

这事到了现在，还是时时记起。我因此也时时熬了苦痛，努力的要想到我自己。几年来的文治武力，在我早如幼小时候所读过的"子曰诗云"[1]一般，背不上半句了。独有这一件小事，却总是浮在我眼前，有时反更分明，教我惭愧，催我自新，并且增长我的勇气和希望。

一九二〇年七月[2]

---

[1] "子曰诗云"："子曰"即"夫子说"；"诗云"即《诗经》上说。泛指儒家古籍。这里指旧时学塾的初级读物。

[2] 据报刊发表的年月及《鲁迅日记》，本篇写作时间当在一九一九年十一月。

[一件小事 导读]

情节回顾

1. 请用简练的语言，概括"一件小事"的起因和结果。
2. 文章描写了几个人物，其中运用外貌、动作、语言描写的人物是哪个？

作品理解

1. "我"说："没有什么的。走你的罢！"车夫的反应是什么？从而可看出他是个怎样的人？
2. 文章环境描写精当，请你找到文中第三处和第四处环境描写，说说它们各自的作用。
3. 作者在这篇文章中主要表达了怎样的思想感情？
4. "我"前后的态度为什么会有那么大的变化？

沉淀思考

1. 文章结尾说："这事到了现在，还是时时记起。我因此也时时熬了苦痛，努力的要想到我自己。几年来的文治武力，在我早如幼小时候所读过的'子曰诗云'一般，背不上半句了。独有这一件小事，却总是浮在我眼前，有时反更分明，教我惭愧，催我自新，并且增长我的勇气和希望。"对此你怎么解读呢？
2. 文中有句名言："他对于我，渐渐的又几乎变成一种威压，甚而至于要榨出皮袍下面藏着的'小'来。"你在生活中有没有类似的经历，因为遇到了一件小事或者听到过一句话，让你自惭形秽继而催你自省和自新呢？可以和你的朋友或者家长一起分享和探讨一下吧，也可以写一篇你自己的小说《一件小事》。

编者按：

茅盾在《读〈呐喊〉》一文中说："在中国新文坛上，鲁迅君常常是创造'新形式'的先锋，《呐喊》里的十多篇小说几乎一篇有一篇新形式，而这些新形式又莫不给青年作者以极大的影响。"《一件小事》是近于散文小品的纪实性的短篇小说，但是恰在于它的以小见大成为可以为后人成功借鉴的非常好操作的行文样本。作者让"我"在小说首尾两次发表了感想和议论，都是拿所谓"国家大事"与这一件"小事"作对比，充分体现对"我"来说是"大事"实小、"小事"实大的道理。和鲁迅先生学写作的行文结构，从这篇入手最好了。

头发的故事[1]

星期日的早晨，我揭去一张隔夜的日历，向着新的那一张上看了又看的说：

"阿，十月十日，——今天原来正是双十节[2]。这里却一点没有记载！"

我的一位前辈先生 N，正走到我的寓里来谈闲天，一听这话，便很不高兴的对我说：

"他们对！他们不记得，你怎样他；你记得，又怎样呢！"

这位 N 先生本来脾气有点乖张，时常生些无谓的气，说些不通世故的话。当这时候，我大抵任他自言自语，不赞一辞；他独自发完议论，也就算了。

他说：

"我最佩服北京双十节的情形。早晨，警察到门，吩咐道'挂旗！''是，挂旗！'各家大半懒洋洋的踱出一个国民来，撅起一块斑驳陆离的洋布[3]。这样一直到夜，——收了旗关门；几家偶然忘却的，便挂到第二天的上午。

"他们忘却了纪念，纪念也忘却了他们！

"我也是忘却了纪念的一个人。倘使纪念起来，那第一个双十节前后的

---

[1] 本篇最初发表于一九二〇年十月十日上海《时事新报·学灯》。
[2] 双十节：一九一一年十月十日孙中山领导的革命党举行了武昌起义（即辛亥革命），次年一月一日建立中华民国，九月二十八日临时参议院议决十月十日为国庆纪念日，又称"双十节"。
[3] 斑驳陆离的洋布：指辛亥革命后至一九二七年这一时期旧中国的国旗，也叫五色旗（红黄蓝白黑五色横列）。

事，便都上我的心头，使我坐立不稳了。

"多少故人的脸，都浮在我眼前。几个少年辛苦奔走了十多年，暗地里一颗弹丸要了他的性命；几个少年一击不中，在监牢里身受一个多月的苦刑；几个少年怀着远志，忽然踪影全无，连尸首也不知那里去了。——

"他们都在社会的冷笑恶骂迫害倾陷里过了一生；现在他们的坟墓也早在忘却里渐渐平塌下去了。

"我不堪纪念这些事。

"我们还是记起一点得意的事来谈谈罢。"

N忽然现出笑容，伸手在自己头上一摸，高声说：

"我最得意的是自从第一个双十节以后，我在路上走，不再被人笑骂了。

"老兄，你可知道头发是我们中国人的宝贝和冤家，古今来多少人在这上头吃些毫无价值的苦呵！

"我们的很古的古人，对于头发似乎也还看轻。据刑法看来，最要紧的自然是脑袋，所以大辟是上刑；次要便是生殖器了，所以宫刑和幽闭也是一件吓人的罚；至于髡，那是微乎其微了，[1]然而推想起来，正不知道曾有多少人因为光着头皮便被社会践踏了一生世。

"我们讲革命的时候，大谈什么扬州十日，嘉定屠城[2]，其实也不过一种手段；老实说：那时中国人的反抗，何尝因为亡国，只是因为拖辫子[3]。

"顽民杀尽了，遗老都寿终了，辫子早留定了，洪杨[4]又闹起来了。我的祖母曾对我说，那时做百姓才难哩，全留着头发的被官兵杀，还是辫子的便

---

[1] 关于我国古代刑法，据《尚书·吕刑》及相关的注解，分为五等：一是墨刑，即"先刻其面，以墨窒之"；二是劓刑，即"截鼻"；三是剕刑，即"断足"；四是宫刑，即"男子割势，妇人幽闭"（按：指破坏生殖器官）；五是大辟，即斩首。"去发"的髡刑不在五刑之内，但也是一种刑罚，自隋、唐以后已废止。

[2] 扬州十日，嘉定屠城：前者指清顺治二年（1645），清军攻破扬州后进行的十天大屠杀；后者指同年清军占领嘉定（今属上海市）后进行的多次屠杀。清代王秀楚著《扬州十日记》、朱子素著《嘉定屠城记略》，分别记载了当时清兵在这两地屠杀的情况。辛亥革命前，革命者曾大量翻印这些书籍，为推翻清王朝作舆论准备。

[3] 拖辫子：我国满族旧俗，男子剃发垂辫（剃去头顶前部头发，后部结辫垂于脑后）。一六四四年清世祖进入北京以后，几次下令强迫人民遵从满族发式，这一措施曾引起汉族人民的强烈反抗。

[4] 洪杨：洪，指洪秀全（1814—1864），广东花县人；杨，指杨秀清（1820？—1856），广西桂平人。二人都是太平天国的领袖。他们领导的起义军都留发而不结辫，被称为"长毛"。

被长毛杀!

"我不知道有多少中国人只因为这不痛不痒的头发而吃苦,受难,灭亡。"

N 两眼望着屋梁,似乎想些事,仍然说:

"谁知道头发的苦轮到我了。

"我出去留学,便剪掉了辫子,这并没有别的奥妙,只为他不太便当罢了。不料有几位辫子盘在头顶上的同学们便很厌恶我;监督也大怒,说要停了我的官费,送回中国去。

"不几天,这位监督却自己被人剪去辫子逃走了。去剪的人们里面,一个便是做《革命军》的邹容[1],这人也因此不能再留学,回到上海来,后来死在西牢里。你也早已忘却了罢?

"过了几年,我的家景大不如前了,非谋点事做便要受饿,只得也回到中国来。我一到上海,便买定一条假辫子,那时是二元的市价,带着回家。我的母亲倒也不说什么,然而旁人一见面,便都首先研究这辫子,待到知道是假,就一声冷笑,将我拟为杀头的罪名;有一位本家,还预备去告官,但后来因为恐怕革命党的造反或者要成功,这才中止了。

"我想,假的不如真的直截爽快,我便索性废了假辫子,穿着西装在街上走。

"一路走去,一路便是笑骂的声音,有的还跟在后面骂:'这冒失鬼!''假洋鬼子!'

"我于是不穿洋服了,改了大衫,他们骂得更厉害。

"在这日暮途穷的时候,我的手里才添出一支手杖来,拼命的打了几回,他们渐渐的不骂了。只是走到没有打过的生地方还是骂。

"这件事很使我悲哀,至今还时时记得哩。我在留学的时候,曾经看见

---

[1] 邹容(1885—1905):字蔚丹,四川巴县人,清末革命家。一九〇二年留学日本,积极宣传反清革命思想;一九〇三年回国后,著《革命军》一书鼓吹革命。同年七月被清政府勾结上海英租界当局拘捕,判处监禁二年,一九〇五年四月死于狱中。关于邹容等剪留学生监督辫子一事,据章太炎所著《邹容传》记载:邹容在日本留学时,"陆军学生监督姚甲有奸私事,容偕五人排闼入其邸中,榜颊数十,持剪刀断其辫发。事觉,潜归上海。"

《日报》上登载一个游历南洋和中国的本多博士[1]的事；这位博士是不懂中国和马来语的，人问他，你不懂话，怎么走路呢？他拿起手杖来说，这便是他们的话，他们都懂！我因此气愤了好几天，谁知道我竟不知不觉的自己也做了，而且那些人都懂了。……

"宣统初年，我在本地的中学校做监学[2]，同事是避之惟恐不远，官僚是防之惟恐不严，我终日如坐在冰窖子里，如站在刑场旁边，其实并非别的，只因为缺少了一条辫子！

"有一日，几个学生忽然走到我的房里来，说，'先生，我们要剪辫子了。'我说，'不行！''有辫子好呢，没有辫子好呢？''没有辫子好……''你怎么说不行呢？''犯不上，你们还是不剪上算，——等一等罢。'他们不说什么，撅着嘴唇走出房去；然而终于剪掉了。

"呵！不得了了，人言啧啧了；我却只装作不知道，一任他们光着头皮，和许多辫子一齐上讲堂。

"然而这剪辫病传染了；第三天，师范学堂的学生忽然也剪下了六条辫子，晚上便开除了六个学生。这六个人，留校不能，回家不得，一直挨到第一个双十节之后又一个多月，才消去了犯罪的火烙印。"

"我呢？也一样，只是元年冬天到北京，还被人骂过几次，后来骂我的人也被警察剪去了辫子，我就不再被人辱骂了；但我没有到乡间去。"

N显出非常得意模样，忽而又沉下脸来：

"现在你们这些理想家，又在那里嚷什么女子剪发了，又要造出许多毫无所得而痛苦的人！"

"现在不是已经有剪掉头发的女人，因此考不进学校去，或者被学校除了名么？"

"改革么，武器在那里？工读么，工厂在那里？"

"仍然留起，嫁给人家做媳妇去：忘却了一切还是幸福，倘使伊记着些平

---

[1] 本多博士：即本多静六（1866—1952），日本林学博士，著有《造林学》等书。
[2] 监学：清末学校中负责管理学生的职员，一般也兼任教学工作。

等自由的话，便要苦痛一生世！"

"我要借了阿尔志跋绥夫[1]的话问你们：你们将黄金时代的出现豫约给这些人们的子孙了，但有什么给这些人们自己呢？"

"阿，造物的皮鞭没有到中国的脊梁上时，中国便永远是这一样的中国，决不肯自己改变一支毫毛！"

"你们的嘴里既然并无毒牙，何以偏要在额上帖起'蝮蛇'两个大字，引乞丐来打杀？……"

N愈说愈离奇了，但一见到我不很愿听的神情，便立刻闭了口，站起来取帽子。

我说，"回去么？"

他答道，"是的，天要下雨了。"

我默默的送他到门口。

他戴上帽子说：

"再见！请你恕我打搅，好在明天便不是双十节，我们统可以忘却了。"

一九二〇年十月

---

[1]　阿尔志跋绥夫（1878—1927）：俄国小说家。十月革命后逃亡国外，死于波兰华沙。这里所引的话，见他的中篇小说《工人绥惠略夫》第九章。

[头发的故事 导读]

情节回顾

1. 本文有几个主人公，分别是怎样的人？
2. 文章开头是由双十节的纪念日说起，怎么就讲成了头发的故事了呢？

作品理解

1. 小说主人公N先生为什么如此热衷于叙述头发的故事引发的体验和感想呢？"头发"在这里又有些什么样的历史典故和象征意义呢？
2. "我在留学的时候，曾经看见《日报》上登载一个游历南洋和中国的本多博士的事；这位博士是不懂中国和马来语的，人问他，你不懂话，怎么走路呢？他拿起手杖来说，这便是他们的话，他们都懂！"这里的"手杖"怎么理解？

沉淀思考

文中借着N先生的口感慨："阿，造物的皮鞭没有到中国的脊梁上时，中国便永远是这一样的中国，决不肯自己改变一支毫毛！"对此你有什么样的感慨呢？

编者按:

这篇小说和后面一篇《风波》都是在说头上辫子的事情,同一个事情两种表达,异曲同工又相映成趣。

风　波

　　临河的土场上，太阳渐渐的收了他通黄的光线了。场边靠河的乌桕树叶，干巴巴的才喘过气来，几个花脚蚊子在下面哼着飞舞。面河的农家的烟突里，逐渐减少了炊烟，女人孩子们都在自己门口的土场上泼些水，放下小桌子和矮凳；人知道，这已经是晚饭时候了。

　　老人男人坐在矮凳上，摇着大芭蕉扇闲谈，孩子飞也似的跑，或者蹲在乌桕树下赌玩石子。女人端出乌黑的蒸干菜和松花黄的米饭，热蓬蓬冒烟。河里驶过文人的酒船，文豪见了，大发诗兴，说，"无思无虑，这真是田家乐呵！"

　　但文豪的话有些不合事实，就因为他们没有听到九斤老太的话。这时候，九斤老太正在大怒，拿破芭蕉扇敲着凳脚说：

　　"我活到七十九岁了，活够了，不愿意眼见这些败家相，——还是死的好。立刻就要吃饭了，还吃炒豆子，吃穷了一家子！"

　　伊的曾孙女儿六斤捏着一把豆，正从对面跑来，见这情形，便直奔河边，藏在乌桕树后，伸出双丫角的小头，大声说，"这老不死的！"

　　九斤老太虽然高寿，耳朵却还不很聋，但也没有听到孩子的话，仍旧自己说，"这真是一代不如一代！"

　　这村庄的习惯有点特别，女人生下孩子，多喜欢用秤称了轻重，便用斤数当作小名。九斤老太自从庆祝了五十大寿以后，便渐渐的变了不平家，常说伊年青的时候，天气没有现在这般热，豆子也没有现在这般硬：总之现在的时世是不对了。何况六斤比伊的曾祖，少了三斤，比伊父亲七斤，又少了一斤，这真是一条颠扑不破的实例。所以伊又用劲说，"这真是一代不如一代！"

伊的儿媳七斤嫂子正捧着饭篮走到桌边，便将饭篮在桌上一摔，愤愤的说，"你老人家又这么说了。六斤生下来的时候，不是六斤五两么？你家的秤又是私秤，加重秤，十八两秤；用了准十六，我们的六斤该有七斤多哩。我想便是太公和公公，也不见得正是九斤八斤十足，用的秤也许是十四两……"

"一代不如一代！"

七斤嫂还没有答话，忽然看见七斤从小巷口转出，便移了方向，对他嚷道，"你这死尸怎么这时候才回来，死到那里去了！不管人家等着你开饭！"

七斤虽然住在农村，却早有些飞黄腾达的意思。从他的祖父到他，三代不捏锄头柄了；他也照例的帮人撑着航船，每日一回，早晨从鲁镇进城，傍晚又回到鲁镇，因此很知道些时事：例如什么地方，雷公劈死了蜈蚣精；什么地方，闺女生了一个夜叉之类。他在村人里面，的确已经是一名出场人物了。但夏天吃饭不点灯，却还守着农家习惯，所以回家太迟，是该骂的。

七斤一手捏着象牙嘴白铜斗六尺多长的湘妃竹烟管，低着头，慢慢地走来，坐在矮凳上。六斤也趁势溜出，坐在他身边，叫他爹爹。七斤没有应。

"一代不如一代！"九斤老太说。

七斤慢慢地抬起头来，叹一口气说，"皇帝坐了龙庭了。"

七斤嫂呆了一刻，忽而恍然大悟的道，"这可好了，这不是又要皇恩大赦了么！"

七斤又叹一口气，说，"我没有辫子。"

"皇帝要辫子么？"

"皇帝要辫子。"

"你怎么知道呢？"七斤嫂有些着急，赶忙的问。

"咸亨酒店里的人，都说要的。"

七斤嫂这时从直觉上觉得事情似乎有些不妙了，因为咸亨酒店是消息灵通的所在。伊一转眼瞥见七斤的光头，便忍不住动怒，怪他恨他怨他；忽然又绝望起来，装好一碗饭，搡在七斤的面前道，"还是赶快吃你的饭罢！哭丧着脸，就会长出辫子来么？"

太阳收尽了他最末的光线了，水面暗暗地回复过凉气来；土场上一片碗筷声响，人人的脊梁上又都吐出汗粒。七斤嫂吃完三碗饭，偶然抬起头，心坎里便禁不住突突地发跳。伊透过乌桕叶，看见又矮又胖的赵七爷正从独木桥上走来，而且穿着宝蓝色竹布的长衫。

赵七爷是邻村茂源酒店的主人，又是这三十里方圆以内的唯一的出色人物兼学问家；因为有学问，所以又有些遗老的臭味。他有十多本金圣叹批评的《三国志》，时常坐着一个字一个字的读；他不但能说出五虎将姓名，甚而至于还知道黄忠表字汉升和马超表字孟起。革命以后，他便将辫子盘在顶上，像道士一般；常常叹息说，倘若赵子龙在世，天下便不会乱到这地步了。七斤嫂眼睛好，早望见今天的赵七爷已经不是道士，却变成光滑头皮，乌黑发顶；伊便知道这一定是皇帝坐了龙庭，而且一定须有辫子，而且七斤一定是非常危险。因为赵七爷的这件竹布长衫，轻易是不常穿的，三年以来，只穿过两次：一次是和他呕气的麻子阿四病了的时候，一次是曾经砸烂他酒店的鲁大爷死了的时候；现在是第三次了，这一定又是于他有庆，于他的仇家有殃了。

七斤嫂记得，两年前七斤喝醉了酒，曾经骂过赵七爷是"贱胎"，所以这时便立刻直觉到七斤的危险，心坎里突突地发起跳来。

赵七爷一路走来，坐着吃饭的人都站起身，拿筷子点着自己的饭碗说，"七爷，请在我们这里用饭！"七爷也一路点头，说道"请请"，却一径走到七斤家的桌旁。七斤们连忙招呼，七爷也微笑着说"请请"，一面细细的研究他们的饭菜。

"好香的干菜，——听到了风声了么？"赵七爷站在七斤的后面七斤嫂的对面说。

"皇帝坐了龙庭了。"七斤说。

七斤嫂看着七爷的脸，竭力赔笑道，"皇帝已经坐了龙庭，几时皇恩大赦呢？"

"皇恩大赦？——大赦是慢慢的总要大赦罢。"七爷说到这里，声色忽然严厉起来，"但是你家七斤的辫子呢，辫子？这倒是要紧的事。你们知道：长毛时候，留发不留头，留头不留发，……"

七斤和他的女人没有读过书，不很懂得这古典的奥妙，但觉得有学问的七爷这么说，事情自然非常重大，无可挽回，便仿佛受了死刑宣告似的，耳朵里嗡的一声，再也说不出一句话。

"一代不如一代，——"九斤老太正在不平，趁这机会，便对赵七爷说，"现在的长毛，只是剪人家的辫子，僧不僧，道不道的。从前的长毛，这样的么？我活到七十九岁了，活够了。从前的长毛是——整匹的红缎子裹头，拖下去，拖下去，一直拖到脚跟；王爷是黄缎子，拖下去，黄缎子；红缎子，黄缎子，——我活够了，七十九岁了。"

七斤嫂站起身，自言自语的说，"这怎么好呢？这样的一班老小，都靠他养活的人，……"

赵七爷摇头道，"那也没法。没有辫子，该当何罪，书上都一条一条明明白白写着的。不管他家里有些什么人。"

七斤嫂听到书上写着，可真是完全绝望了；自己急得没法，便忽然又恨到七斤。伊用筷子指着他的鼻尖说，"这死尸自作自受！造反的时候，我本来说，不要撑船了，不要上城了。他偏要死进城去，滚进城去，进城便被人剪去了辫子。从前是绢光乌黑的辫子，现在弄得僧不僧道不道的。这囚徒自作自受，带累了我们又怎么说呢？这活死尸的囚徒……"

村人看见赵七爷到村，都赶紧吃完饭，聚在七斤家饭桌的周围。七斤自己知道是出场人物，被女人当大众这样辱骂，很不雅观，便只得抬起头，慢慢地说道：

"你今天说现成话，那时你……"

"你这活死尸的囚徒……"

看客中间，八一嫂是心肠最好的人，抱着伊的两周岁的遗腹子，正在七斤嫂身边看热闹；这时过意不去，连忙解劝说，"七斤嫂，算了罢。人不是神仙，谁知道未来事呢？便是七斤嫂，那时不也说，没有辫子倒也没有什么丑么？况且衙门里的大老爷也还没有告示，……"

七斤嫂没有听完，两个耳朵早通红了；便将筷子转过向来，指着八一嫂的鼻子，说，"阿呀，这是什么话呵！八一嫂，我自己看来倒还是一个人，会说出这样昏诞胡涂话么？那时我是，整整哭了三天，谁都看见；连六斤这小鬼也都哭，……"六斤刚吃完一大碗饭，拿了空碗，伸手去嚷着要添。七斤嫂正没好气，便用筷子在伊的双丫角中间，直扎下去，大喝道，"谁要你来多嘴！你这偷汉的小寡妇！"

扑的一声，六斤手里的空碗落在地上了，恰巧又碰着一块砖角，立刻破成一个很大的缺口。七斤直跳起来，捡起破碗，合上了检查一回，也喝道，"入娘的！"一巴掌打倒了六斤。六斤躺着哭，九斤老太拉了伊的手，连说着"一代不如一代"，一同走了。

八一嫂也发怒，大声说，"七斤嫂，你'恨棒打人'……"

赵七爷本来是笑着旁观的；但自从八一嫂说了"衙门里的大老爷没有告示"这话以后，却有些生气了。这时他已经绕出桌旁，接着说，"'恨棒打人'，算什么呢。大兵是就要到的。你可知道，这回保驾的是张大帅，张大帅就是燕人张翼德的后代，他一支丈八蛇矛，就有万夫不当之勇，谁能抵挡他，"他两手同时捏起空拳，仿佛握着无形的蛇矛模样，向八一嫂抢进几步道，"你能抵挡他么！"

八一嫂正气得抱着孩子发抖，忽然见赵七爷满脸油汗，瞪着眼，准对伊冲过来，便十分害怕，不敢说完话，回身走了。赵七爷也跟着走去，众人一面怪八一嫂多事，一面让开路，几个剪过辫子重新留起的便赶快躲在人丛后面，怕他看见。赵七爷也不细心察访，通过人丛，忽然转入乌桕树后，说道"你能抵挡他么！"跨上独木桥，扬长去了。

村人们呆呆站着，心里计算，都觉得自己确乎抵不住张翼德，因此也决定七斤便要没有性命。七斤既然犯了皇法，想起他往常对人谈论城中的新闻的时候，就不该含着长烟管显出那般骄傲模样，所以对于七斤的犯法，也觉得有些畅快。他们也仿佛想发些议论，却又觉得没有什么议论可发。嗡嗡的一阵乱嚷，蚊子都撞过赤膊身子，闯到乌桕树下去做市；他们也就慢慢地走散回家，关上门去睡觉。七斤嫂咕哝着，也收了家伙和桌子矮凳回家，关上门睡觉了。

七斤将破碗拿回家里，坐在门槛上吸烟；但非常忧愁，忘却了吸咽，象牙嘴六尺多长湘妃竹烟管的白铜斗里的火光，渐渐发黑了。他心里但觉得事情似乎十分危急，也想想些方法，想些计画，但总是非常模糊，贯穿不得："辫子呢辫子？丈八蛇矛。一代不如一代！皇帝坐龙庭。破的碗须得上城去钉好。谁能抵挡他？书上一条一条写着。入娘的！……"

第二日清晨，七斤依旧从鲁镇撑航船进城，傍晚回到鲁镇，又拿着六尺多长的湘妃竹烟管和一个饭碗回村。他在晚饭席上，对九斤老太说，这碗是在城内钉合的，因为缺口大，所以要十六个铜钉，三文一个，一总用了四十八文小钱。

九斤老太很不高兴的说，"一代不如一代，我是活够了。三文钱一个钉；从前的钉，这样的么？从前的钉是……我活了七十九岁了，——"

此后七斤虽然是照例日日进城，但家景总有些黯淡，村人大抵回避着，不再来听他从城内得来的新闻。七斤嫂也没有好声气，还时常叫他"囚徒"。

过了十多日，七斤从城内回家，看见他的女人非常高兴，问他说，"你在城里可听到些什么？"

"没有听到些什么。"

"皇帝坐了龙庭没有呢？"

"他们没有说。"

"咸亨酒店里也没有人说么？"

"也没人说。"

"我想皇帝一定是不坐龙庭了。我今天走过赵七爷的店前，看见他又坐着念书了,辫子又盘在顶上了,也没有穿长衫。"

"……"

"你想,不坐龙庭了罢?"

"我想,不坐了罢。"

现在的七斤,是七斤嫂和村人又都早给他相当的尊敬,相当的待遇了。到夏天,他们仍旧在自家门口的土场上吃饭;大家见了,都笑嘻嘻的招呼。九斤老太早已做过八十大寿,仍然不平而且康健。六斤的双丫角,已经变成一支大辫子了;伊虽然新近裹脚,却还能帮同七斤嫂做事,捧着十八个铜钉的饭碗,在土场上一瘸一拐的往来。

一九二〇年十月

[风波 导读]

情节回顾

1. 文章描写的是哪个历史时期的事情？请根据文中的细节加以说明。

2. 根据文章，结合相关资料你能否指出"风波"发生的时间、地点，以及哪些人卷入了这场"风波"？

3. 七斤的辫子是怎样剪掉的？周围人对此有什么看法？反映了当时社会怎样的状况？

作品理解

1. 文中多次重复这句话"一代不如一代！"，你觉得应该如何体会该语句的含义呢？

2. 鲁迅很善于通过细节的刻画来展现人物，你能列举本文中的一个范例并予以说明吗？

沉淀思考

1. 小说开头描绘了江南农村的一个生活场景：临河的土场，太阳收了光线，乌桕树叶、花脚蚊子、小桌矮凳、大芭蕉扇、乌黑的蒸干菜和松花黄的米饭……这是一个封闭、传统而又宁静的环境，以至于引得文豪说："无思无虑，这真是田家乐呵！"作者为何要这么开头呢？这和文章的题目以及作品的主题有什么关系吗？

2. 本文的线索是什么呢？九斤老太那句口头禅？"皇帝坐龙庭"的臆想？还是什么呢？

编者按：

文中有几个谜题值得我们玩味和破译。

1. 六斤家里的碗是怎么回事？补了十六个钉是否不如买个新碗？她父亲七斤配的行头是"象牙嘴白铜斗六尺多长的湘妃竹烟管"，家里还买不起个新碗吗？这个花了四十八文修的碗和结尾处六斤手里的十八钉碗是同一个碗吗？

2. 八一嫂文中说她"是心肠最好的人"，是真的吗？为何她却引得七斤嫂"恨棒打人"，惹得赵七爷"有些生气"，还连锁反应六斤把碗摔破又被打？

3. 六斤在文章结尾处的裹脚让人不禁想到七斤被割了辫子后是否还会继续悉心地留起头发来以防下次的"皇帝坐龙庭"呢？

故 乡

我冒了严寒,回到相隔二千余里,别了二十余年的故乡去。

时候既然是深冬;渐近故乡时,天气又阴晦了,冷风吹进船舱中,呜呜的响,从篷隙向外一望,苍黄的天底下,远近横着几个萧索的荒村,没有一些活气。我的心禁不住悲凉起来了。

阿!这不是我二十年来时时记得的故乡?

我所记得的故乡全不如此。我的故乡好得多了。但要我记起他的美丽,说出他的佳处来,却又没有影像,没有言辞了。仿佛也就如此。于是我自己解释说:故乡本也如此,——虽然没有进步,也未必有如我所感的悲凉,这只是我自己心情的改变罢了,因为我这次回乡,本没有什么好心绪。

我这次是专为了别他而来的。我们多年聚族而居的老屋,已经公同卖给别姓了,交屋的期限,只在本年,所以必须赶在正月初一以前,永别了熟识的老屋,而且远离了熟识的故乡,搬家到我在谋食的异地去。

第二日清早晨我到了我家的门口了。瓦楞上许多枯草的断茎当风抖着,正在说明这老屋难免易主的原因。几房的本家大约已经搬走了,所以很寂静。我到了自家的房外,我的母亲早已迎着出来了,接着便飞出了八岁的侄儿宏儿。

我的母亲很高兴,但也藏着许多凄凉的神情,教我坐下,歇息,喝茶,且不谈搬家的事。宏儿没有见过我,远远的对面站着只是看。

但我们终于谈到搬家的事。我说外间的寓所已经租定了，又买了几件家具，此外须将家里所有的木器卖去，再去增添。母亲也说好，而且行李也略已齐集，木器不便搬运的，也小半卖去了，只是收不起钱来。

"你休息一两天，去拜望亲戚本家一回，我们便可以走了。"母亲说。

"是的。"

"还有闰土，他每到我家来时，总问起你，很想见你一回面。我已经将你到家的大约日期通知他，他也许就要来了。"

这时候，我的脑里忽然闪出一幅神异的图画来：深蓝的天空中挂着一轮金黄的圆月，下面是海边的沙地，都种着一望无际的碧绿的西瓜，其间有一个十一二岁的少年，项带银圈，手捏一柄钢叉，向一匹猹尽力的刺去，那猹却将身一扭，反从他的胯下逃走了。

这少年便是闰土。我认识他时，也不过十多岁，离现在将有三十年了；那时我的父亲还在世，家景也好，我正是一个少爷。那一年，我家是一件大祭祀的值年。这祭祀，说是三十多年才能轮到一回，所以很郑重；正月里供祖像，供品很多，祭器很讲究，拜的人也很多，祭器也很要防偷去。我家只有一个忙月（我们这里给人做工的分三种：整年给一定人家做工的叫长年；按日给人做工的叫短工；自己也种地，只在过年过节以及收租时候来给一定的人家做工的称忙月），忙不过来，他便对父亲说，可以叫他的儿子闰土来管祭器的。

我的父亲允许了；我也很高兴，因为我早听到闰土这名字，而且知道他和我仿佛年纪，闰月生的，五行缺土，所以他的父亲叫他闰土。他是能装弶捉小鸟雀的。

我于是日日盼望新年，新年到，闰土也就到了。好容易到了年末，有一日，母亲告诉我，闰土来了，我便飞跑的去看。他正在厨房里，紫色的圆脸，头戴一顶小毡帽，颈上套一个明晃晃的银项圈，这可见他的父亲十分爱他，怕他死去，所以在神佛面前许下愿心，用圈子将他套住了。他见人很怕羞，只是不怕我，没有旁人的时候，便和我说话，于是不到半日，我们便熟识了。

我们那时候不知道谈些什么，只记得闰土很高兴，说是上城之后，见了许多没有见过的东西。

第二日，我便要他捕鸟。他说：

"这不能。须大雪下了才好。我们沙地上，下了雪，我扫出一块空地来，用短棒支起一个大竹匾，撒下秕谷，看鸟雀来吃时，我远远地将缚在棒上的绳子只一拉，那鸟雀就罩在竹匾下了。什么都有：稻鸡，角鸡，鹁鸪，蓝背……"

我于是又很盼望下雪。

闰土又对我说：

"现在太冷，你夏天到我们这里来。我们日里到海边捡贝壳去，红的绿的都有，鬼见怕也有，观音手也有。晚上我和爹管西瓜去，你也去。"

"管贼么？"

"不是。走路的人口渴了摘一个瓜吃，我们这里是不算偷的。要管的是獾猪，刺猬，猹。月亮地下，你听，啦啦的响了，猹在咬瓜了。你便捏了胡叉，轻轻地走去……"

我那时并不知道这所谓猹的是怎么一件东西——便是现在也没有知道——只是无端的觉得状如小狗而很凶猛。

"他不咬人么？"

"有胡叉呢。走到了，看见猹了，你便刺。这畜生很伶俐，倒向你奔来，反从胯下窜了。他的皮毛是油一般的滑……"

我素不知道天下有这许多新鲜事：海边有如许五色的贝壳；西瓜有这样危险的经历，我先前单知道他在水果店里出卖罢了。

"我们沙地里，潮汛要来的时候，就有许多跳鱼儿只是跳，都有青蛙似的两个脚……"

阿！闰土的心里有无穷无尽的希奇的事，都是我往常的朋友所不知道的。他们不知道一些事，闰土在海边时，他们都和我一样只看见院子里高墙上的四角的天空。

可惜正月过去了,闰土须回家里去,我急得大哭,他也躲到厨房里,哭着不肯出门,但终于被他父亲带走了。他后来还托他的父亲带给我一包贝壳和几支很好看的鸟毛,我也曾送他一两次东西,但从此没有再见面。

现在我的母亲提起了他,我这儿时的记忆,忽而全都闪电似的苏生过来,似乎看到了我的美丽的故乡了。我应声说:

"这好极!他,——怎样?……"

"他?……他景况也很不如意……"母亲说着,便向房外看,"这些人又来了。说是买木器,顺手也就随便拿走的,我得去看看。"

母亲站起身,出去了。门外有几个女人的声音,我便招宏儿走近面前,和他闲话:问他可会写字,可愿意出门。

"我们坐火车去么?"

"我们坐火车去。"

"船呢?"

"先坐船,……"

"哈!这模样了!胡子这么长了!"一种尖利的怪声突然大叫起来。

我吃了一吓,赶忙抬起头,却见一个凸颧骨,薄嘴唇,五十岁上下的女人站在我面前,两手搭在髀间,没有系裙,张着两脚,正像一个画图仪器里细脚伶仃的圆规。

我愕然了。

"不认识了么?我还抱过你咧!"

我愈加愕然了。幸而我的母亲也就进来,从旁说:

"他多年出门,统忘却了。你该记得罢,"便向着我说,"这是斜对门的杨二嫂,……开豆腐店的。"

哦,我记得了。我孩子时候,在斜对门的豆腐店里确乎终日坐着一个杨二嫂,人都叫伊"豆腐西施"。但是擦着白粉,颧骨没有这么高,嘴唇也没有这么薄,而且终日坐着,我也从没有见过这圆规式的姿势。那时人说:因为伊,这豆腐店的买卖非常好。但这大约因为年龄的关系,我却并未蒙着一毫感化，所以竟完全忘却了。然而圆规很不平，显出鄙夷的神色，仿佛嗤笑法国人不知道拿破仑，美国人不知道华盛顿似的，冷笑说：

"忘了？这真是贵人眼高……"

"哪有这事……我……"我惶恐着，站起来说。

"那么，我对你说。迅哥儿，你阔了，搬动又笨重，你还要什么这些破烂木器，让我拿去罢。我们小户人家，用得着。"

"我并没有阔哩。我须卖了这些，再去……"

"阿呀呀，你放了道台了，还说不阔？你现在有三房姨太太；出门便是八抬的大轿，还说不阔？吓，什么都瞒不过我。"

我知道无话可说了，便闭了口，默默的站着。

"阿呀阿呀，真是愈有钱，便愈是一毫不肯放松，愈是一毫不肯放松，便愈有钱……"圆规一面愤愤的回转身，一面絮絮的说，慢慢向外走，顺便将我母亲的一副手套塞在裤腰里，出去了。

此后又有近处的本家和亲戚来访问我。我一面应酬，偷空便收拾些行李，这样的过了三四天。

一日是天气很冷的午后，我吃过午饭，坐着喝茶，觉得外面有人进来了，便回头去看。我看时，不由的非常出惊，慌忙站起身，迎着走去。

这来的便是闰土。虽然我一见便知道是闰土，但又不是我这记忆上的闰土了。他身材增加了一倍；先前的紫色的圆脸，已经变作灰黄，而且加上了很深的皱纹；眼睛也像他父亲一样，周围都肿得通红，这我知道，在海边种地的人，终日吹着海风，大抵是这样的。他头上是一顶破毡帽，身上只一件极薄的棉衣，浑身瑟索着；手里提着一个纸包和一支长烟管，那手也不是我所记得的红活圆实的手，却又粗又笨而且开裂，像是松树皮了。

我这时很兴奋，但不知道怎么说才好，只是说：

"阿！闰土哥，——你来了？……"

我接着便有许多话，想要连珠一般涌出：角鸡，跳鱼儿，贝壳，猹，……但又总觉得被什么挡着似的，单在脑里面回旋，吐不出口外去。

他站住了，脸上现出欢喜和凄凉的神情；动着嘴唇，却没有作声。他的态度终于恭敬起来了，分明的叫道：

"老爷！……"

我似乎打了一个寒噤；我就知道，我们之间已经隔了一层可悲的厚障壁了。我也说不出话。

他回过头去说，"水生，给老爷磕头。"便拖出躲在背后的孩子来，这正是一个廿年前的闰土，只是黄瘦些，颈子上没有银圈罢了。"这是第五个孩子，没有见过世面，躲躲闪闪……"

母亲和宏儿下楼来了，他们大约也听到了声音。

"老太太。信是早收到了。我实在喜欢的了不得，知道老爷回来……"闰土说。

"阿，你怎的这样客气起来。你们先前不是哥弟称呼么？还是照旧：迅哥儿。"母亲高兴的说。

"阿呀，老太太真是……这成什么规矩。那时是孩子，不懂事……"闰土说着，又叫水生上来打拱，那孩子却害羞，紧紧的只贴在他背后。

"他就是水生？第五个？都是生人，怕生也难怪的；还是宏儿和他去走走。"母亲说。

宏儿听得这话，便来招水生，水生却松松爽爽同他一路出去了。母亲叫闰土坐，他迟疑了一回，终于就了坐，将长烟管靠在桌旁，递过纸包来，说：

"冬天没有什么东西了。这一点干青豆倒是自家晒在那里的，请老爷……"

我问问他的景况。他只是摇头。

"非常难。第六个孩子也会帮忙了，却总是吃不够……又不太平……什么地方都要钱，没有定规……收成又坏。种出东西来，挑去卖，总要捐几回钱，折了本；不去卖，又只能烂掉……"

他只是摇头；脸上虽然刻着许多皱纹，却全然不动，仿佛石像一般。他大约只是觉得苦，却又形容不出，沉默了片时，便拿起烟管来默默的吸烟了。

母亲问他，知道他的家里事务忙，明天便得回去；又没有吃过午饭，便叫他自己到厨下炒饭吃去。

他出去了；母亲和我都叹息他的景况：多子，饥荒，苛税，兵，匪，官，绅，都苦得他像一个木偶人了。母亲对我说，凡是不必搬走的东西，尽可以送他，可以听他自己去拣择。

下午，他拣好了几件东西：两条长桌，四个椅子，一副香炉和烛台，一杆抬秤。他又要所有的草灰（我们这里煮饭是烧稻草的，那灰，可以做沙地的肥料），待我们启程的时候，他用船来载去。

夜间，我们又谈些闲天，都是无关紧要的话；第二天早晨，他就领了水生回去了。

又过了九日，是我们启程的日期。闰土早晨便到了，水生没有同来，却只带着一个五岁的女儿管船只。我们终日很忙碌，再没有谈天的工夫。来客也不少，有送行的，有拿东西的，有送行兼拿东西的。待到傍晚我们上船的时候，这老屋里的所有破旧大小粗细东西，已经一扫而空了。

我们的船向前走，两岸的青山在黄昏中，都装成了深黛颜色，连着退向船后梢去。

宏儿和我靠着船窗，同看外面模糊的风景，他忽然问道：

"大伯！我们什么时候回来？"

"回来？你怎么还没有走就想回来了。"

"可是，水生约我到他家玩去咧……"他睁着大的黑眼睛，痴痴的想。

我和母亲也都有些惘然，于是又提起闰土来。母亲说，那豆腐西施的杨二嫂，自从我家收拾行李以来，本是每日必到的，前天伊在灰堆里，掏出十多个碗碟来，议论之后，便定说是闰土埋着的，他可以在运灰的时候，一齐搬回家里去；杨二嫂发见了这件事，自己很以为功，便拿了那狗气杀（这是我们这里养鸡的器具，木盘上面有着栅栏，内盛食料，鸡可以伸进颈子去啄，狗却不能，只能看着气死），飞也似的跑了，亏伊装着这么高底的小脚，竟跑得这样快。

老屋离我愈远了；故乡的山水也都渐渐远离了我，但我却并不感到怎样的留恋。我只觉得我四面有看不见的高墙，将我隔成孤身，使我非常气闷；那西瓜地上的银项圈的小英雄的影像，我本来十分清楚，现在却忽地模糊了，又使我非常的悲哀。

母亲和宏儿都睡着了。

我躺着，听船底潺潺的水声，知道我在走我的路。我想：我竟与闰土隔绝到这地步了，但我们的后辈还是一气，宏儿不是正在想念水生么。我希望他们不再像我，又大家隔膜起来……然而我又不愿意他们因为要一气，都如我的辛苦展转而生活，也不愿意他们都如闰土的辛苦麻木而生活，也不愿意都如别人的辛苦恣睢而生活。他们应该有新的生活，为我们所未经生活过的。

我想到希望，忽然害怕起来了。闰土要香炉和烛台的时候，我还暗地里笑他，以为他总是崇拜偶像，什么时候都不忘却。现在我所谓希望，不也是我自己手制的偶像么？只是他的愿望切近，我的愿望茫远罢了。

我在朦胧中，眼前展开一片海边碧绿的沙地来，上面深蓝的天空中挂着一轮金黄的圆月。我想：希望是本无所谓有，无所谓无的。这正如地上的路；其实地上本没有路，走的人多了，也便成了路。

一九二一年一月

[故乡 导读]

情节回顾

1. 这篇小说写故乡，主要是写故乡人的变化。作者主要写了哪些人的变化？他们有怎样的变化？作者从中表达的是一种怎样的情感态度？

2. 曾经是那样亲密无间的一对小伙伴，现在却变得那样"隔膜"，"我"感到"我们之间已经隔了一层可悲的厚障壁了"，你认为这"可悲的厚障壁"是什么？是什么原因造成的？

作品理解

1. "我"不愿宏儿和水生"如我的辛苦展转而生活"，也不愿他们"如闰土的辛苦麻木而生活"，也不愿他们"如别人的辛苦恣睢而生活"，而希望他们有"新"的生活。展开想象，说说"我"、闰土、别人这三类人的生活是怎样的，"新"生活又是怎样的生活？

2. 有人说《故乡》中写了三个"故乡"：一个是回忆中的，一个是现实的，一个是理想中的。第一个是"过去时"的，第二个是"现在时"的，第三个是"未来时"的。你能把这三个故乡都分别梳理出来吗？

3. 文中说"多子，饥荒，苛税，兵，匪，官，绅，都苦得他像一个木偶人了"。"他大约只是觉得苦，却又形容不出"——闰土在不间断的生活重压下变得麻木了，即使鲁迅，也在"辛苦展转"中失去了少年时的轻松活泼的心境。所以《故乡》的主题是否就是在反映和痛斥因为生活的疾苦让乡下和城里的成人们失去了温情变得彼此隔膜，以至于让人觉得故乡都不再亲厚美好了呢？

沉淀思考

1. 《故乡》的最后说："我想：希望是本无所谓有，无所谓无的。这正如地上的路；其实地上本没有路，走的人多了，也便成了路。"请概述你对这段话的理解。

2. 鲁迅写文章很善于运用对比和对照的方法，你能以本文为例，提炼出几组对比和对照的写法吗？

编者按：

茅盾先生曾经说过："过去的三个月中的创作我最佩服的是鲁迅的《故乡》。我觉得这篇《故乡》的中心思想是悲哀那人与人中间的不了解、隔膜。造成这不了解的原因是历史遗传的阶级观念。"进入现代社会后，科技和交通工具的发达让人们更加方便自由地离返家乡。特别是每年的春节，是许多异地读书工作的人返回故乡的集中高峰时期，童年小伙伴之间的感情和关系还会一样吗？也会出现"隔膜"和"厚障壁"吗？此时人与人之间的不了解又是什么造成的呢？

阿 Q 正传 [1]

第一章　序

　　我要给阿 Q 做正传，已经不止一两年了。但一面要做，一面又往回想，这足见我不是一个"立言"[2]的人，因为从来不朽之笔，须传不朽之人，于是人以文传，文以人传——究竟谁靠谁传，渐渐的不甚了然起来，而终于归结到传阿 Q，仿佛思想里有鬼似的。

　　然而要做这一篇速朽的文章，才下笔，便感到万分的困难了。第一是文章的名目。孔子曰，"名不正则言不顺"[3]。这原是应该极注意的。传的名目很繁多：列传，自传，内传[4]，外传，别传，家传，小传……，而可惜都不合。"列传"么，这一篇并非和许多阔人排在"正史"[5]里；"自传"么，我又并非就是阿 Q。说是"外传"，"内传"在那里呢？倘用"内传"，阿 Q 又绝不是神

---

[1] 本篇最初分章发表于北京《晨报副刊》，自一九二一年十二月四日起至一九二二年二月十二日止，每周或隔周刊登一次，署名巴人。作者在一九二五年曾为这篇小说的俄文译本写过一篇短序，后收在《集外集》中；一九二六年又写过《阿 Q 正传的成因》一文，收在《华盖集续编》中，都可参看。

[2] "立言"：我国古代所谓"三不朽"之一。《左传》襄公二十四年载鲁国大夫叔孙豹的话："太上有立德，其次有立功，其次有立言，虽久不废，此之谓不朽。"

[3] "名不正则言不顺"：语见《论语·子路》。

[4] 内传：小说体传记的一种。作者在一九三一年三月三日给《阿 Q 正传》日译者山上正义的校释中说："昔日道士写仙人的事多以'内传'题名。"

[5] "正史"：封建时代由官方撰修或认可的史书。清代乾隆时规定自《史记》至《明史》历代二十四部纪传体史书为"正史"。"正史"中的"列传"部分，一般都是著名人物的传记。

仙。"别传"呢，阿Q实在未曾有大总统上谕宣付国史馆立"本传"[1]——虽说英国正史上并无"博徒列传"，而文豪迭更司[2]也做过《博徒别传》这一部书，但文豪则可，在我辈却不可的。其次是"家传"，则我既不知与阿Q是否同宗，也未曾受他子孙的拜托；或"小传"，则阿Q又更无别的"大传"了。总而言之，这一篇也便是"本传"，但从我的文章着想，因为文体卑下，是"引车卖浆者流"所用的话[3]，所以不敢僭称，便从不入三教九流的小说家[4]所谓"闲话休题言归正传"这一句套话里，取出"正传"两个字来，作为名目，即使与古人所撰《书法正传》[5]的"正传"字面上很相混，也顾不得了。

第二，立传的通例，开首大抵该是"某，字某，某地人也"，而我并不知道阿Q姓什么。有一回，他似乎是姓赵，但第二日便模糊了。那是赵太爷的儿子进了秀才的时候，锣声镗镗的报到村里来，阿Q正喝了两碗黄酒，便手舞足蹈的说，这于他也很光彩，因为他和赵太爷原来是本家，细细的排起来他还比秀才长三辈呢。其时几个旁听人倒也肃然的有些起敬了。哪知道第二天，地保便叫阿Q到赵太爷家里去；太爷一见，满脸溅朱，喝道：

"阿Q，你这浑小子！你说我是你的本家么？"

阿Q不开口。

赵太爷愈看愈生气了，抢进几步说："你敢胡说！我怎么会有你这样的本家？你姓赵么？"

---

[1] 宣付国史馆立"本传"：旧时效忠于统治阶级的重要人物或所谓名人，死后由政府明令褒扬，令文末常有"宣付国史馆立传"的话。历代编纂史书的机构，名称不一，清代叫国史馆。辛亥革命后，北洋军阀及国民党政府都曾沿用这一名称。

[2] 迭更司（1812—1870）：通译狄更斯，英国小说家。著有《大卫·科波菲尔》《双城记》等。《博徒别传》原名《劳特奈·斯吞》，英国小说家柯南·道尔（1859—1930）著。鲁迅在一九二六年八月八日致韦素园信中曾说："《博徒别传》是 Rodney Stone 的译名，但是 C. Doyle 著的。《阿Q正传》中说是迭更司作，乃是我误记。"

[3] "引车卖浆者流"所用的话：指白话文。一九三一年三月三日作者给日本山上正义的校释中说："'引车卖浆'，即拉车卖豆腐浆之谓，系指蔡元培氏之父。那时，蔡元培氏为北京大学校长，亦系主张白话者之一，故亦受到攻击之矢。"

[4] 不入三教九流的小说家：三教，指儒教、佛教、道教；九流，即九家。《汉书·艺文志》中分古代诸子为十家：儒家、道家、阴阳家、法家、名家、墨家、纵横家、杂家、农家、小说家，并说："诸子十家，其可观者九家而已。""小说家者流，盖出于稗官。街谈巷语，道听途说者之所造也。……是以君子弗为也。"

[5] 《书法正传》：一部关于书法的书，清代冯武著，共十卷。这里的"正传"是"正确地传授"的意思。

阿Q不开口，想往后退了；赵太爷跳过去，给了他一个嘴巴。

"你怎么会姓赵！——你哪里配姓赵！"

阿Q并没有抗辩他确凿姓赵，只用手摸着左颊，和地保退出去了；外面又被地保训斥了一番，谢了地保二百文酒钱。知道的人都说阿Q太荒唐，自己去招打；他大约未必姓赵，即使真姓赵，有赵太爷在这里，也不该如此胡说的。此后便再没有人提起他的氏族来，所以我终于不知道阿Q究竟什么姓。

第三，我又不知道阿Q的名字是怎么写的。他活着的时候，人都叫他阿Quei，死了以后，便没有一个人再叫阿Quei了，那里还会有"著之竹帛"[1]的事。若论"著之竹帛"，这篇文章要算第一次，所以先遇着了这第一个难关。我曾仔细想：阿Quei，阿桂还是阿贵呢？倘使他号叫月亭，或者在八月间做过生日，那一定是阿桂了。而他既没有号——也许有号，只是没有人知道他，——又未尝散过生日征文的帖子：写作阿桂，是武断的。又倘使他有一位老兄或令弟叫阿富，那一定是阿贵了；而他又只是一个人：写作阿贵，也没有佐证的。其余音Quei的偏僻字样，更加凑不上了。先前，我也曾问过赵太爷的儿子茂才[2]先生，谁料博雅如此公，竟也茫然，但据结论说，是因为陈独秀办了《新青年》提倡洋字[3]，所以国粹沦亡，无可查考了。我的最后的手段，只有托一个同乡去查阿Q犯事的案卷，八个月之后才有回信，说案卷里并无与阿Quei的声音相近的人。我虽不知道是真没有，还是没有查，然而也再没有别的方法了。生怕注音字母还未通行，只好用了"洋字"，照英国流行的拼法写他为阿Quei，略作阿Q。这近于盲从《新青年》，自己也很抱歉，但茂才公尚且不知，我还有什么好办法呢。

第四，是阿Q的籍贯了。倘他姓赵，则据现在好称郡望的老例，可以照

---

[1] "著之竹帛"：语出《吕氏春秋·仲春纪》："著乎竹帛，传乎后世。"竹，竹简；帛，绢绸。我国古代未发明造纸前曾用来书写文字。
[2] 茂才：即秀才。东汉时，因为避光武帝刘秀的名讳，改秀才为茂才；后来有时也沿用作秀才的别称。
[3] 陈独秀办了《新青年》提倡洋字：指一九一八年前后钱玄同等人在《新青年》杂志上开展关于废除汉字、改用罗马字母拼音的讨论一事。一九三一年三月三日作者在给山上正义的校释中说："主张使用罗马字母的是钱玄同，这里说是陈独秀，系茂才公之误。"

《郡名百家姓》[1]上的注解，说是"陇西天水人也"，但可惜这姓是不甚可靠的，因此籍贯也就有些决不定。他虽然多住未庄，然而也常常宿在别处，不能说是未庄人，即使说是"未庄人也"，也仍然有乖史法的。

我所聊以自慰的，是还有一个"阿"字非常正确，绝无附会假借的缺点，颇可以就正于通人。至于其余，却都非浅学所能穿凿，只希望有"历史癖与考据癖"的胡适之[2]先生的门人们，将来或者能够寻出许多新端绪来，但是我这《阿Q正传》到那时却又怕早经消灭了。

以上可以算是序。

第二章　优胜记略

阿Q不独是姓名籍贯有些渺茫，连他先前的"行状"[3]也渺茫。因为未庄的人们之于阿Q，只要他帮忙，只拿他玩笑，从来没有留心他的"行状"的。而阿Q自己也不说，独有和别人口角的时候，间或瞪着眼睛道：

"我们先前——比你阔的多啦！你算是什么东西！"

阿Q没有家，住在未庄的土谷祠[4]里；也没有固定的职业，只给人家做短工，割麦便割麦，舂米便舂米，撑船便撑船。工作略长久时，他也或住在临时主人的家里，但一完就走了。所以，人们忙碌的时候，也还记起阿Q来，然而记起的是做工，并不是"行状"；一闲空，连阿Q都早忘却，更不必说"行状"了。只是有一回，有一个老头子颂扬说："阿Q真能做！"这时阿Q赤着膊，懒洋洋的瘦伶仃的正在他面前，别人也摸不着这话是真心还是讥笑，

---

[1]《郡名百家姓》：《百家姓》是以前学塾所用的识字课本之一，宋初人编纂。为便于诵读，将姓氏连缀为四言韵语。《郡名百家姓》则在每一姓上都附注郡（古代地方区域的名称）名，表示某姓望族曾居古代某地，如赵为"天水"、钱为"彭城"之类。

[2] 胡适之（1891—1962）：即胡适，安徽绩溪人，买办资产阶级文人、政客。他在一九二〇年七月所作《〈水浒传〉考证》中自称"有历史癖与考据癖"。

[3] "行状"：原指封建时代记述死者世系、籍贯、生卒、事迹的文字，一般由其家属撰写。这里泛指经历。

[4] 土谷祠：即土地庙。土谷，指土地神和五谷神。

然而阿Q很喜欢。

阿Q又很自尊,所有未庄的居民,全不在他眼睛里,甚而至于对于两位"文童"[1]也有以为不值一笑的神情。夫文童者,将来恐怕要变秀才者也;赵太爷钱太爷大受居民的尊敬,除有钱之外,就因为都是文童的爹爹,而阿Q在精神上独不表格外的崇奉,他想:我的儿子会阔得多啦!加以进了几回城,阿Q自然更自负,然而他又很鄙薄城里人,譬如用三尺长三寸宽的木板做成的凳子,未庄人叫"长凳",他也叫"长凳",城里人却叫"条凳",他想:这是错的,可笑!油煎大头鱼,未庄都加上半寸长的葱叶,城里却加上切细的葱丝,他想:这也是错的,可笑!然而未庄人真是不见世面的可笑的乡下人呵,他们没有见过城里的煎鱼!

阿Q"先前阔",见识高,而且"真能做",本来几乎是一个"完人"了,但可惜他体质上还有一些缺点。最恼人的是在他头皮上,颇有几处不知起于何时的癞疮疤。这虽然也在他身上,而看阿Q的意思,倒也似乎以为不足贵的,因为他讳说"癞"以及一切近于"赖"的音,后来推而广之,"光"也讳,"亮"也讳,再后来,连"灯""烛"都讳了。一犯讳,不问有心与无心,阿Q便全疤通红的发起怒来,估量了对手,口讷的他便骂,气力小的他便打;然而不知怎么一回事,总还是阿Q吃亏的时候多。于是他渐渐的变换了方针,大抵改为怒目而视了。

谁知道阿Q采用怒目主义之后,未庄的闲人们便愈喜欢玩笑他。一见面,他们便假作吃惊的说:

"哙,亮起来了。"

阿Q照例的发了怒,他怒目而视了。

"原来有保险灯在这里!"他们并不怕。

阿Q没有法,只得另外想出报复的话来:

"你还不配……"这时候,又仿佛在他头上的是一种高尚的光荣的癞头

---

[1] "文童":也称"童生",指科举时代习举业而尚未考取秀才的人。

疮,并非平常的癞头疮了;但上文说过,阿Q是有见识的,他立刻知道和"犯忌"有点抵触,便不再往底下说。

闲人还不完,只撩他,于是终而至于打。阿Q在形式上打败了,被人揪住黄辫子,在壁上碰了四五个响头,闲人这才心满意足的得胜的走了,阿Q站了一刻,心里想,"我总算被儿子打了,现在的世界真不像样……"于是也心满意足的得胜的走了。

阿Q想在心里的,后来每每说出口来,所以凡有和阿Q玩笑的人们,几乎全知道他有这一种精神上的胜利法,此后每逢揪住他黄辫子的时候,人就先一着对他说:

"阿Q,这不是儿子打老子,是人打畜生。自己说:人打畜生!"

阿Q两只手都捏住了自己的辫根,歪着头,说道:

"打虫豸,好不好?我是虫豸——还不放么?"

但虽然是虫豸,闲人也并不放,仍旧在就近什么地方给他碰了五六个响头,这才心满意足的得胜的走了,他以为阿Q这回可遭了瘟。然而不到十秒钟,阿Q也心满意足的得胜的走了,他觉得他是第一个能够自轻自贱的人,除了"自轻自贱"不算外,余下的就是"第一个"。状元[1]不也是"第一个"么?"你算是什么东西"呢!?

阿Q以如是等等妙法克服怨敌之后,便愉快的跑到酒店里喝几碗酒,又和别人调笑一通,口角一通,又得了胜,愉快的回到土谷祠,放倒头睡着了。假使有钱,他便去押牌宝[2],一堆人蹲在地面上,阿Q即汗流满面的夹在这中间,声音他最响:

"青龙四百!"

"咳~~开~~啦!"桩家揭开盒子盖,也是汗流满面的唱。"天门啦~~角回啦~~!人和穿堂空在那里啦~~!阿Q的铜钱拿过来~~!"

---

[1] 状元:科举时代,经皇帝殿试取中的第一名进士叫状元。
[2] 押牌宝:一种赌博。赌局中为主的人叫"庄家";下文的"青龙""天门""穿堂"等都是押牌宝的用语,指押赌注的位置;"四百""一百五十"是押赌注的钱数。

"穿堂一百————一百五十！"

阿Q的钱便在这样的歌吟之下，渐渐的输入别个汗流满面的人物的腰间。他终于只好挤出堆外，站在后面看，替别人着急，一直到散场，然后恋恋的回到土谷祠，第二天，肿着眼睛去工作。

但真所谓"塞翁失马安知非福"[1]罢，阿Q不幸而赢了一回，他倒几乎失败了。

这是未庄赛神[2]的晚上。这晚上照例有一台戏，戏台左近，也照例有许多的赌摊。做戏的锣鼓，在阿Q耳朵里仿佛在十里之外；他只听得桩家的歌唱了。他赢而又赢，铜钱变成角洋，角洋变成大洋，大洋又成了叠。他兴高采烈得非常：

"天门两块！"

他不知道谁和谁为什么打起架来了。骂声打声脚步声，昏头昏脑的一大阵，他才爬起来，赌摊不见了，人们也不见了，身上有几处很似乎有些痛，似乎也挨了几拳几脚似的，几个人诧异的对他看。他如有所失的走进土谷祠，定一定神，知道他的一堆洋钱不见了。赶赛会的赌摊多不是本村人，还到那里去寻根柢呢？

很白很亮的一堆洋钱！而且是他的——现在不见了！说是算被儿子拿去了罢，总还是忽忽不乐；说自己是虫豸罢，也还是忽忽不乐：他这回才有些感到失败的苦痛了。

但他立刻转败为胜了。他擎起右手，用力的在自己脸上连打了两个嘴巴，热剌剌的有些痛；打完之后，便心平气和起来，似乎打的是自己，被打的是别一个自己，不久也就仿佛是自己打了别个一般，——虽然还有些热剌剌，——

---

[1] "塞翁失马安知非福"：据《淮南子·人间训》："近塞上之人有善术者，马无故亡胡中，人皆吊之。其父曰：此何遽不能为福乎？居数月，其马将胡骏马而归，人皆贺之。其父曰：此何遽不能为祸乎？家富马良，其子好骑，堕而折髀，人皆吊之。其父曰：此何遽不能为福乎？居一年，胡人大入塞，丁壮者控弦而战，塞上之人死者十九，此独以跛之故，父子相保。故福之为祸，祸之为福，化不可极，深不可测也。"

[2] 赛神：即迎神赛会，旧时的一种迷信习俗。以鼓乐仪仗和杂戏等迎神出庙，周游街巷，以酬神祈福。

心满意足的得胜的躺下了。

他睡着了。

第三章　续优胜记略

然而阿Q虽然常优胜，却直待蒙赵太爷打他嘴巴之后，这才出了名。

他付过地保二百文酒钱，愤愤的躺下了，后来想："现在的世界太不成话，儿子打老子……"于是忽而想到赵太爷的威风，而现在是他的儿子了，便自己也渐渐的得意起来，爬起身，唱着《小孤孀上坟》[1]到酒店去。这时候，他又觉得赵太爷高人一等了。

说也奇怪，从此之后，果然大家也仿佛格外尊敬他。这在阿Q，或者以为因为他是赵太爷的父亲，而其实也不然。未庄通例，倘如阿七打阿八，或者李四打张三，向来本不算一件事，必须与一位名人如赵太爷者相关，这才载上他们的口碑。一上口碑，则打的既有名，被打的也就托庇有了名。至于错在阿Q，那自然是不必说。所以者何？就因为赵太爷是不会错的。但他既然错，为什么大家又仿佛格外尊敬他呢？这可难解，穿凿起来说，或者因为阿Q说是赵太爷的本家，虽然挨了打，大家也还怕有些真，总不如尊敬一些稳当。否则，也如孔庙里的太牢[2]一般，虽然与猪羊一样，同是畜生，但既经圣人下箸，先儒们便不敢妄动了。

阿Q此后倒得意了许多年。

有一年的春天，他醉醺醺的在街上走，在墙根的日光下，看见王胡在那里赤着膊捉虱子，他忽然觉得身上也痒起来了。这王胡，又癞又胡，别人都叫他王癞胡，阿Q却删去了一个癞字，然而非常渺视他。阿Q的意思，以为癞是不足为奇的，只有这一部络腮胡子，实在太新奇，令人看不上眼。他于

---

[1]《小孤孀上坟》：当时流行的一出绍兴地方戏。
[2] 太牢：按古代祭礼，原指牛、羊、豕三牲，但后来单称牛为太牢。

是并排坐下去了。倘是别的闲人们，阿Q本不敢大意坐下去。但这王胡旁边，他有什么怕呢？老实说：他肯坐下去，简直还是抬举他。

阿Q也脱下破夹袄来，翻检了一回，不知道因为新洗呢还是因为粗心，许多工夫，只捉到三四个。他看那王胡，却是一个又一个，两个又三个，只放在嘴里毕毕剥剥的响。

阿Q最初是失望，后来却不平了：看不上眼的王胡尚且那么多，自己倒反这样少，这是怎样的大失体统的事呵！他很想寻一两个大的，然而竟没有，好容易才捉到一个中的，恨恨的塞在厚嘴唇里，狠命一咬，劈的一声，又不及王胡响。

他癞疮疤块块通红了，将衣服摔在地上，吐一口唾沫，说：

"这毛虫！"

"癞皮狗，你骂谁？"王胡轻蔑的抬起眼来说。

阿Q近来虽然比较的受人尊敬，自己也更高傲些，但和那些打惯的闲人们见面还胆怯，独有这回却非常武勇了。这样满脸胡子的东西，也敢出言无状么？

"谁认便骂谁！"他站起来，两手叉在腰间说。

"你的骨头痒了么？"王胡也站起来，披上衣服说。

阿Q以为他要逃了，抢进去就是一拳。这拳头还未达到身上，已经被他抓住了，只一拉，阿Q跄跄踉踉的跌进去，立刻又被王胡扭住了辫子，要拉到墙上照例去碰头。

"'君子动口不动手'！"阿Q歪着头说。

王胡似乎不是君子，并不理会，一连给他碰了五下，又用力的一推，至于阿Q跌出六尺多远，这才满足的去了。

在阿Q的记忆上，这大约要算是生平第一件的屈辱，因为王胡以络腮胡子的缺点，向来只被他奚落，从没有奚落他，更不必说动手了。而他现在竟动手，很意外，难道真如市上所说，皇帝已经停了考[1]，不要秀才和举人了，

---

[1] 皇帝已经停了考：光绪三十一年（1905），清政府下令自丙午科起，废止科举考试。

因此赵家减了威风。因此他们也便小觑了他么？

阿Q无可适从的站着。

远远的走来了一个人，他的对头又到了。这也是阿Q最厌恶的一个人，就是钱太爷的大儿子。他先前跑上城里去进洋学堂，不知怎么又跑到东洋去了，半年之后他回到家里来，腿也直了，辫子也不见了，他的母亲大哭了十几场，他的老婆跳了三回井。后来，他的母亲到处说，"这辫子是被坏人灌醉了酒剪去了。本来可以做大官，现在只好等留长再说了。"然而阿Q不肯信，偏称他"假洋鬼子"，也叫作"里通外国的人"，一见他，一定在肚子里暗暗的咒骂。

阿Q尤其"深恶而痛绝之"的，是他的一条假辫子。辫子而至于假，就是没有了做人的资格；他的老婆不跳第四回井，也不是好女人。

这"假洋鬼子"近来了。

"秃儿。驴……"阿Q历来本只在肚子里骂，没有出过声，这回因为正气忿，因为要报仇，便不由的轻轻的说出来了。

不料这秃儿却拿着一支黄漆的棍子——就是阿Q所谓哭丧棒[1]——大踏步走了过来。阿Q在这刹那，便知道大约要打了，赶紧抽紧筋骨，耸了肩膀等候着，果然，拍的一声，似乎确凿打在自己头上了。

"我说他！"阿Q指着近旁的一个孩子，分辩说。

拍！拍拍！

在阿Q的记忆上，这大约要算是生平第二件的屈辱。幸而拍拍的响了之后，于他倒似乎完结了一件事，反而觉得轻松些，而且"忘却"这一件祖传的宝贝也发生了效力，他慢慢的走，将到酒店门口，早已有些高兴了。

但对面走来了静修庵里的小尼姑。阿Q便在平时，看见伊也一定要唾骂，而况在屈辱之后呢？他于是发生了回忆，又发生了敌忾了。

"我不知道我今天为什么这样晦气，原来就因为见了你！"他想。

他迎上去，大声的吐一口唾沫：

---

[1] 哭丧棒：旧时在为父母送殡时，儿子须手拄"孝杖"，以表示悲痛难支。阿Q因厌恶假洋鬼子，所以把他的手杖咒为"哭丧棒"。

"咳,呸!"

小尼姑全不睬,低了头只是走。阿Q走近伊身旁,突然伸出手去摩着伊新剃的头皮,呆笑着,说:

"秃儿!快回去,和尚等着你……"

"你怎么动手动脚……"尼姑满脸通红的说,一面赶快走。

酒店里的人大笑了。阿Q看见自己的勋业得了赏识,便愈加兴高采烈起来:

"和尚动得,我动不得?"他扭住伊的面颊。

酒店里的人大笑了。阿Q更得意,而且为满足那些赏鉴家起见,再用力的一拧,才放手。

他这一战,早忘却了王胡,也忘却了假洋鬼子,似乎对于今天的一切"晦气"都报了仇;而且奇怪,又仿佛全身比拍拍的响了之后更轻松,飘飘然的似乎要飞去了。

"这断子绝孙的阿Q!"远远地听得小尼姑的带哭的声音。

"哈哈哈!"阿Q十分得意的笑。

"哈哈哈!"酒店里的人也九分得意的笑。

第四章　恋爱的悲剧

有人说:有些胜利者,愿意敌手如虎,如鹰,他才感得胜利的欢喜;假使如羊,如小鸡,他便反觉得胜利的无聊。又有些胜利者,当克服一切之后,看见死的死了,降的降了,"臣诚惶诚恐死罪死罪",他于是没有了敌人,没有了对手,没有了朋友,只有自己在上,一个,孤另另,凄凉,寂寞,便反而感到了胜利的悲哀。然而我们的阿Q却没有这样乏,他是永远得意的:这或者也是中国精神文明冠于全球的一个证据了。

看哪,他飘飘然的似乎要飞去了!

然而这一次的胜利,却又使他有些异样。他飘飘然的飞了大半天,飘进土谷祠,照例应该躺下便打鼾。谁知道这一晚,他很不容易合眼,他觉得自己的大拇指和第二指有点古怪:仿佛比平常滑腻些。不知道是小尼姑的脸上有一点滑腻的东西粘在他指上,还是他的指头在小尼姑脸上磨得滑腻了?……

"断子绝孙的阿Q!"

阿Q的耳朵里又听到这句话。他想:不错,应该有一个女人,断子绝孙便没有人供一碗饭,……应该有一个女人。夫"不孝有三无后为大"[1],而"若敖之鬼馁而"[2],也是一件人生的大哀,所以他那思想,其实是样样合于圣经贤传的,只可惜后来有些"不能收其放心"[3]了。

"女人,女人!……"他想。

"……和尚动得……女人,女人!……女人!"他又想。

我们不能知道这晚上阿Q在什么时候才打鼾。但大约他从此总觉得指头有些滑腻,所以他从此总有些飘飘然;"女……"他想。

即此一端,我们便可以知道女人是害人的东西。

中国的男人,本来大半都可以做圣贤,可惜全被女人毁掉了。商是妲己[4]闹亡的;周是褒姒弄坏的;秦……虽然史无明文,我们也假定他因为女人,大约未必十分错;而董卓可是的确给貂蝉害死了。

阿Q本来也是正人,我们虽然不知道他曾蒙什么明师指授过,但他对于"男女之大防"[5]却历来非常严;也很有排斥异端——如小尼姑及假洋鬼子之

---

[1] "不孝有三无后为大":语见《孟子·离娄》。据汉代赵岐注:"于礼有不孝者三事,谓阿意曲从,陷亲不义,一不孝也;家穷亲老,不为禄仕,二不孝也;不娶无子,绝先祖祀,三不孝也。三者之中,无后为大。"

[2] "若敖之鬼馁而":语出《左传》宣公四年:楚国令尹子良(若敖氏)的儿子越椒长相凶恶,子良的哥哥子文认为越椒长大后会招致灭族之祸,要子良杀死他。子良没有依从。子文临死时说:"鬼犹求食,若敖氏之鬼不其馁而。"意思是若敖氏以后没有子孙供饭,鬼魂都要挨饿了。而,语尾助词。

[3] "不能收其放心":《尚书·毕命》:"虽收放心,闲之维艰。"放心,心无约束的意思。

[4] 妲己:殷纣王的妃子。下文的褒姒是周幽王的妃子。《史记》中有商因妲己而亡,周因褒姒而衰的记载。貂蝉是《三国演义》中王允家的一个歌妓,书中有吕布为争夺她而杀死董卓的故事。作者在这里是讽刺那种把历史上亡国败家的原因都归罪于妇女的观点。

[5] "男女之大防":指封建礼教对男女之间所规定的严格界限,如"男子居外,女子居内"(《礼记·内则》),"男女授受不亲"(《孟子·离娄》),等等。

类——的正气。他的学说是：凡尼姑，一定与和尚私通；一个女人在外面走，一定想引诱野男人；一男一女在那里讲话，一定要有勾当了。为惩治他们起见，所以他往往怒目而视，或者大声说几句"诛心"[1]话，或者在冷僻处，便从后面掷一块小石头。

谁知道他将到"而立"[2]之年，竟被小尼姑害得飘飘然了。这飘飘然的精神，在礼教上是不应该有的，——所以女人真可恶，假使小尼姑的脸上不滑腻，阿Q便不至于被蛊，又假使小尼姑的脸上盖一层布，阿Q便也不至于被蛊了，——他五六年前，曾在戏台下的人丛中拧过一个女人的大腿，但因为隔一层裤，所以此后并不飘飘然，——而小尼姑并不然，这也足见异端之可恶。

"女……"阿Q想。

他对于以为"一定想引诱野男人"的女人，时常留心看，然而伊并不对他笑。他对于和他讲话的女人，也时常留心听，然而伊又并不提起关于什么勾当的话来。哦，这也是女人可恶之一节：伊们全都要装"假正经"的。

这一天，阿Q在赵太爷家里舂了一天米，吃过晚饭，便坐在厨房里吸旱烟。倘在别家，吃过晚饭本可以回去的了，但赵府上晚饭早，虽说定例不准掌灯，一吃完便睡觉，然而偶然也有一些例外：其一，是赵大爷未进秀才的时候，准其点灯读文章；其二，便是阿Q来做短工的时候，准其点灯舂米。因为这一条例外，所以阿Q在动手舂米之前，还坐在厨房里吸旱烟。

吴妈，是赵太爷家里唯一的女仆，洗完了碗碟，也就在长凳上坐下了，而且和阿Q谈闲天：

"太太两天没有吃饭哩，因为老爷要买一个小的……"

"女人……吴妈……这小孤孀……"阿Q想。

"我们的少奶奶是八月里要生孩子了……"

"女人……"阿Q想。

---

[1] "诛心"：犹"诛意"。《后汉书·霍谞传》："《春秋》之义，原情定过，赦事诛意。"诛心、诛意，指不问实际情形如何而主观地推究别人的居心。
[2] "而立"：语出《论语·为政》："三十而立"。原是孔丘说他三十岁在学问上有所自立的话，后来就常被用作三十岁的代词。

阿Q放下烟管，站了起来。

"我们的少奶奶……"吴妈还唠叨说。

"我和你困觉，我和你困觉！"阿Q忽然抢上去，对伊跪下了。

一刹时中很寂然。

"阿呀！"吴妈楞了一息，突然发抖，大叫着往外跑，且跑且嚷，似乎后来带哭了。

阿Q对了墙壁跪着也发楞，于是两手扶着空板凳，慢慢的站起来，仿佛觉得有些糟。他这时确也有些忐忑了，慌张的将烟管插在裤带上，就想去舂米。蓬的一声，头上着了很粗的一下，他急忙回转身去，那秀才便拿了一支大竹杠站在他面前。

"你反了，……你这……"

大竹杠又向他劈下来了。阿Q两手去抱头，拍的正打在指节上，这可很有一些痛。他冲出厨房门，仿佛背上又着了一下似的。

"忘八蛋！"秀才在后面用了官话这样骂。

阿Q奔入舂米场，一个人站着，还觉得指头痛，还记得"忘八蛋"，因为这话是未庄的乡下人从来不用，专是见过官府的阔人用的，所以格外怕，而印象也格外深。但这时，他那"女……"的思想却也没有了。而且打骂之后，似乎一件事也已经收束，倒反觉得一无挂碍似的，便动手去舂米。舂了一会，他热起来了，又歇了手脱衣服。

脱下衣服的时候，他听得外面很热闹，阿Q生平本来最爱看热闹，便即寻声走出去了。寻声渐渐的寻到赵太爷的内院里，虽然在昏黄中，却辨得出许多人，赵府一家连两日不吃饭的太太也在内，还有间壁的邹七嫂，真正本家的赵白眼，赵司晨。

少奶奶正拖着吴妈走出下房来，一面说：

"你到外面来，……不要躲在自己房里想……"

"谁不知道你正经，……短见是万万寻不得的。"邹七嫂也从旁说。

吴妈只是哭，夹些话，却不甚听得分明。

阿Q想："哼，有趣，这小孤孀不知道闹着什么玩意儿了？"他想打听，走近赵司晨的身边。这时他猛然间看见赵大爷向他奔来，而且手里捏着一支大竹杠。他看见这一支大竹杠，便猛然间悟到自己曾经被打，和这一场热闹似乎有点相关。他翻身便走，想逃回舂米场，不图这支竹杠阻了他的去路，于是他又翻身便走，自然而然的走出后门，不多工夫，已在土谷祠内了。

阿Q坐了一会，皮肤有些起粟，他觉得冷了，因为虽在春季，而夜间颇有余寒，尚不宜于赤膊。他也记得布衫留在赵家，但倘若去取，又深怕秀才的竹杠。然而地保进来了。

"阿Q，你的妈妈的！你连赵家的用人都调戏起来，简直是造反。害得我晚上没有觉睡，你的妈妈的！……"

如是云云的教训了一通，阿Q自然没有话。临末，因为在晚上，应该送地保加倍酒钱四百文，阿Q正没有现钱，便用一顶毡帽做抵押，并且订定了五条件：

一　明天用红烛——要一斤重的——一对，香一封，到赵府上去赔罪。

二　赵府上请道士祓除缢鬼，费用由阿Q负担。

三　阿Q从此不准踏进赵府的门槛。

四　吴妈此后倘有不测，惟阿Q是问。

五　阿Q不准再去索取工钱和布衫。

阿Q自然都答应了，可惜没有钱。幸而已经春天，棉被可以无用，便质了二千大钱，履行条约。赤膊磕头之后，居然还剩几文，他也不再赎毡帽，统统喝了酒了。但赵家也并不烧香点烛，因为太太拜佛的时候可以用，留着了。那破布衫是大半做了少奶奶八月间生下来的孩子的衬尿布，那小半破烂的便都做了吴妈的鞋底。

第五章　生计问题

阿Q礼毕之后，仍旧回到土谷祠，太阳下去了，渐渐觉得世上有些古怪。他仔细一想，终于省悟过来：其原因盖在自己的赤膊。他记得破夹袄还在，便披在身上，躺倒了，待张开眼睛，原来太阳又已经照在西墙上头了。他坐起身，一面说道，"妈妈的……"

他起来之后，也仍旧在街上逛，虽然不比赤膊之有切肤之痛，却又渐渐的觉得世上有些古怪了。仿佛从这一天起，未庄的女人们忽然都怕了羞，伊们一见阿Q走来，便个个躲进门里去。甚而至于将近五十岁的邹七嫂，也跟着别人乱钻，而且将十一岁的女儿都叫进去了。阿Q很以为奇，而且想："这些东西忽然都学起小姐模样来了。这娼妇们……"

但他更觉得世上有些古怪，却是许多日以后的事。其一，酒店不肯赊欠了；其二，管土谷祠的老头子说些废话，似乎叫他走；其三，他虽然记不清多少日，但确乎有许多日，没有一个人来叫他做短工。酒店不赊，熬着也罢了；老头子催他走，噜苏一通也就算了；只是没有人来叫他做短工，却使阿Q肚子饿：这委实是一件非常"妈妈的"的事情。

阿Q忍不下去了，他只好到老主顾的家里去探问，——但独不许踏进赵府的门槛，——然而情形也异样：一定走出一个男人来，现了十分烦厌的相貌，像回复乞丐一般的摇手道：

"没有没有！你出去！"

阿Q愈觉得稀奇了。他想，这些人家向来少不了要帮忙，不至于现在忽然都无事，这总该有些蹊跷在里面了。他留心打听，才知道他们有事都去叫小Don[1]。这小D，是一个穷小子，又瘦又乏，在阿Q的眼睛里，位置是在王

---

[1] 小Don：即小同。作者在《且介亭杂文·寄〈戏〉周刊编者信》中说："他叫'小同'，大起来，和阿Q一样。"

胡之下的，谁料这小子竟谋了他的饭碗去。所以阿Q这一气，更与平常不同，当气愤愤的走着的时候，忽然将手一扬，唱道：

"我手执钢鞭将你打！[1]……"

几天之后，他竟在钱府的照壁前遇见了小D。"仇人相见分外眼明"，阿Q便迎上去，小D也站住了。

"畜生！"阿Q怒目而视的说，嘴角上飞出唾沫来。

"我是虫豸，好么？……"小D说。

这谦逊反使阿Q更加愤怒起来，但他手里没有钢鞭，于是只得扑上去，伸手去拔小D的辫子。小D一手护住了自己的辫根，一手也来拔阿Q的辫子，阿Q便也将空着的一只手护住了自己的辫根。从先前的阿Q看来，小D本来是不足齿数的，但他近来挨了饿，又瘦又乏已经不下于小D，所以便成了势均力敌的现象，四只手拔着两颗头，都弯了腰，在钱家粉墙上映出一个蓝色的虹形，至于半点钟之久了。

"好了，好了！"看的人们说，大约是解劝的。

"好，好！"看的人们说，不知道是解劝，是颂扬，还是煽动。

然而他们都不听。阿Q进三步，小D便退三步，都站着；小D进三步，阿Q便退三步，又都站着。大约半点钟，——未庄少有自鸣钟，所以很难说，或者二十分，——他们的头发里便都冒烟，额上便都流汗，阿Q的手放松了，在同一瞬间，小D的手也正放松了，同时直起，同时退开，都挤出人丛去。

"记着罢，妈妈的……"阿Q回过头去说。

"妈妈的，记着罢……"小D也回过头来说。

这一场"龙虎斗"似乎并无胜败，也不知道看的人可满足，都没有发什么议论，而阿Q却仍然没有人来叫他做短工。

有一日很温和，微风拂拂的颇有些夏意了，阿Q却觉得寒冷起来，但这

---

[1] "我手执钢鞭将你打！"：这一句及下文的"悔不该，酒醉错斩了郑贤弟"，都是当时绍兴地方戏《龙虎斗》中的唱词。这出戏演的是宋太祖赵匡胤和呼延赞交战的故事。郑贤弟，指赵匡胤部下猛将郑子明。

还可担当，第一倒是肚子饿。棉被，毡帽，布衫，早已没有了，其次就卖了棉袄；现在有裤子，却万不可脱的；有破夹袄，又除了送人做鞋底之外，决定卖不出钱。他早想在路上拾得一注钱，但至今还没有见；他想在自己的破屋里忽然寻到一注钱，慌张的四顾，但屋内是空虚而且了然。于是他决计出门求食去了。

他在路上走着要"求食"，看见熟识的酒店，看见熟识的馒头，但他都走过了，不但没有暂停，而且并不想要。他所求的不是这类东西了；他求的是什么东西，他自己不知道。

未庄本不是大村镇，不多时便走尽了。村外多是水田，满眼是新秧的嫩绿，夹着几个圆形的活动的黑点，便是耕田的农夫。阿Q并不赏鉴这田家乐，却只是走，因为他直觉的知道这与他的"求食"之道是很辽远的。但他终于走到静修庵的墙外了。

庵周围也是水田，粉墙突出在新绿里，后面的低土墙里是菜园。阿Q迟疑了一会，四面一看，并没有人。他便爬上这矮墙去，扯着何首乌藤，但泥土仍然簌簌的掉，阿Q的脚也索索的抖；终于攀着桑树枝，跳到里面了。里面真是郁郁葱葱，但似乎并没有黄酒馒头，以及此外可吃的之类。靠西墙是竹丛，下面许多笋，只可惜都是并未煮熟的，还有油菜早经结子，芥菜已将开花，小白菜也很老了。

阿Q仿佛文童落第似的觉得很冤屈，他慢慢走近园门去，忽而非常惊喜了，这分明是一畦老萝卜。他于是蹲下便拔，而门口突然伸出一个很圆的头来，又即缩回去了，这分明是小尼姑。小尼姑之流是阿Q本来视若草芥的，但世事须"退一步想"，所以他便赶紧拔起四个萝卜，拧下青叶，兜在大襟里。然而老尼姑已经出来了。

"阿弥陀佛，阿Q，你怎么跳进园里来偷萝卜！……阿呀，罪过呵，阿唷，阿弥陀佛！……"

"我什么时候跳进你的园里来偷萝卜？"阿Q且看且走的说。

"现在……这不是？"老尼姑指着他的衣兜。

"这是你的？你能叫得他答应你么？你……"

阿Q没有说完话，拔步便跑；追来的是一匹很肥大的黑狗。这本来在前门的，不知怎的到后园来了。黑狗哼而且追，已经要咬着阿Q的腿，幸而从衣兜里落下一个萝卜来，那狗给一吓，略略一停，阿Q已经爬上桑树，跨到土墙，连人和萝卜都滚出墙外面了。只剩着黑狗还在对着桑树嗥，老尼姑念着佛。

阿Q怕尼姑又放出黑狗来，拾起萝卜便走，沿路又捡了几块小石头，但黑狗却并不再出现。阿Q于是抛了石块，一面走一面吃，而且想道，这里也没有什么东西寻，不如进城去……

待三个萝卜吃完时，他已经打定了进城的主意了。

第六章 从中兴到末路

在未庄再看见阿Q出现的时候，是刚过了这年的中秋。人们都惊异，说是阿Q回来了，于是又回上去想道，他先前那里去了呢？阿Q前几回的上城，大抵早就兴高采烈的对人说，但这一次却并不，所以也没有一个人留心到。他或者也曾告诉过管土谷祠的老头子，然而未庄老例，只有赵太爷钱太爷和秀才大爷上城才算一件事。假洋鬼子尚且不足数，何况是阿Q：因此老头子也就不替他宣传，而未庄的社会上也就无从知道了。

但阿Q这回的回来，却与先前大不同，确乎很值得惊异。天色将黑，他睡眼蒙胧的在酒店门前出现了，他走近柜台，从腰间伸出手来，满把是银的和铜的，在柜上一扔说，"现钱！打酒来！"穿的是新夹袄，看去腰间还挂着一个大搭连，沉钿钿的将裤带坠成了很弯很弯的弧线。未庄老例，看见略有些醒目的人物，是与其慢也宁敬的，现在虽然明知道是阿Q，但因为和破夹袄的阿Q有些两样了，古人云，"士别三日便当刮目相待"[1]，所以堂倌，掌柜，

---

[1] "士别三日便当刮目相待"：语出《三国志·吴书·吕蒙传》裴松之注："士别三日，即更刮目相待。"刮目，拭目的意思。

酒客，路人，便自然显出一种疑而且敬的形态来。掌柜既先之以点头，又继之以谈话：

"噲，阿Q，你回来了！"

"回来了。"

"发财发财，你是——在……"

"上城去了！"

这一件新闻，第二天便传遍了全未庄。人人都愿意知道现钱和新夹袄的阿Q的中兴史，所以在酒店里，茶馆里，庙檐下，便渐渐的探听出来了。这结果，是阿Q得了新敬畏。

据阿Q说，他是在举人老爷家里帮忙。这一节，听的人都肃然了。这老爷本姓白，但因为合城里只有他一个举人，所以不必再冠姓，说起举人来就是他。这也不独在未庄是如此，便是一百里方圆之内也都如此，人们几乎多以为他的姓名就叫举人老爷的了。在这人的府上帮忙，那当然是可敬的。但据阿Q又说，他却不高兴再帮忙了，因为这举人老爷实在太"妈妈的"了。这一节，听的人都叹息而且快意，因为阿Q本不配在举人老爷家里帮忙，而不帮忙是可惜的。

据阿Q说，他的回来，似乎也由于不满意城里人，这就在他们将长凳称为条凳，而且煎鱼用葱丝，加以最近观察所得的缺点，是女人的走路也扭得不很好。然而也偶有大可佩服的地方，即如未庄的乡下人不过打三十二张的竹牌[1]，只有假洋鬼子能够叉"麻酱"，城里却连小乌龟子都叉得精熟的。什么假洋鬼子，只要放在城里的十几岁的小乌龟子的手里，也就立刻是"小鬼见阎王"。这一节，听的人都赧然了。

"你们可看见过杀头么？"阿Q说，"咳，好看。杀革命党。唉，好看好看，……"他摇摇头，将唾沫飞在正对面的赵司晨的脸上。这一节，听的人都凛然了。但阿Q又四面一看，忽然扬起右手，照着伸长脖子听得出神的王

---

[1] 三十二张的竹牌：一种赌具。即牙牌或骨牌，用象牙或兽骨所制，简陋的就用竹制成。下文的"麻酱"指麻雀牌，俗称麻将，也是一种赌具。阿Q把"麻将"讹为"麻酱"。

胡的后项窝上直劈下去道：

"嚓！"

王胡惊得一跳，同时电光石火似的赶快缩了头，而听的人又都悚然而且欣然了。从此王胡瘟头瘟脑的许多日，并且再不敢走近阿Q的身边；别的人也一样。

阿Q这时在未庄人眼睛里的地位，虽不敢说超过赵太爷，但谓之差不多，大约也就没有什么语病的了。

然而不多久，这阿Q的大名忽又传遍了未庄的闺中。虽然未庄只有钱赵两姓是大屋，此外十之九都是浅闺，但闺中究竟是闺中，所以也算得一件神异。女人们见面时一定说，邹七嫂在阿Q那里买了一条蓝绸裙，旧固然是旧的，但只化了九角钱。还有赵白眼的母亲——一说是赵司晨的母亲，待考，——也买了一件孩子穿的大红洋纱衫，七成新，只用三百大钱九二串[1]。于是伊们都眼巴巴的想见阿Q，缺绸裙的想问他买绸裙，要洋纱衫的想问他买洋纱衫，不但见了不逃避，有时阿Q已经走过了，也还要追上去叫住他，问道：

"阿Q，你还有绸裙么？没有？纱衫也要的，有罢？"

后来这终于从浅闺传进深闺里去了。因为邹七嫂得意之余，将伊的绸裙请赵太太去鉴赏，赵太太又告诉了赵太爷而且着实恭维了一番。赵太爷便在晚饭桌上，和秀才大爷讨论，以为阿Q实在有些古怪，我们门窗应该小心些；但他的东西，不知道可还有什么可买，也许有点好东西罢。加以赵太太也正想买一件价廉物美的皮背心。于是家族决议，便托邹七嫂即刻去寻阿Q，而且为此新辟了第三种的例外：这晚上也姑且特准点油灯。

油灯干了不少了，阿Q还不到。赵府的全眷都很焦急，打着呵欠，或恨阿Q太飘忽，或怨邹七嫂不上紧。赵太太还怕他因为春天的条件不敢来，而

---

[1] 三百大钱九二串：即"三百大钱，以九十二文作为一百"（见《华盖集续编·阿Q正传的成因》）。旧时我国用的铜钱，中有方孔，可用绳子串在一起，每千枚（或每枚"当十"的大钱一百枚）为一串，称作一吊，但实际上常不足数。

赵太爷以为不足虑;因为这是"我"去叫他的。果然,到底赵太爷有见识,阿Q终于跟着邹七嫂进来了。

"他只说没有没有,我说你自己当面说去,他还要说,我说……"邹七嫂气喘吁吁的走着说。

"太爷!"阿Q似笑非笑的叫了一声,在檐下站住了。

"阿Q,听说你在外面发财,"赵太爷踱开去,眼睛打量着他的全身,一面说。"那很好,那很好的。这个,……听说你有些旧东西,……可以都拿来看一看,……这也并不是别的,因为我倒要……"

"我对邹七嫂说过了。都完了。"

"完了?"赵太爷不觉失声的说,"那里会完得这样快呢?"

"那是朋友的,本来不多。他们买了些,……"

"总该还有一点罢。"

"现在,只剩了一张门幕了。"

"就拿门幕来看看罢。"赵太太慌忙说。

"那么,明天拿来就是,"赵太爷却不甚热心了。"阿Q,你以后有什么东西的时候,你尽先送来给我们看,……"

"价钱决不会比别家出得少!"秀才说。秀才娘子忙一瞥阿Q的脸,看他感动了没有。

"我要一件皮背心。"赵太太说。

阿Q虽然答应着,却懒洋洋的出去了,也不知道他是否放在心上。这使赵太爷很失望,气愤而且担心,至于停止了打呵欠。秀才对于阿Q的态度也很不平,于是说,这忘八蛋要提防,或者竟不如吩咐地保,不许他住在未庄。但赵太爷以为不然,说这也怕要结怨,况且做这路生意的大概是"老鹰不吃窝下食",本村倒不必担心的;只要自己夜里警醒点就是了。秀才听了这"庭训"[1],非常之以为然,便即刻撤消了驱逐阿Q的提议,而且叮嘱邹七嫂,请

---

[1] "庭训":《论语·季氏》载:孔丘"尝独立,鲤(按:即孔丘的儿子)趋而过庭",孔丘要他学"诗"、学"礼"。后来就常有人称父亲的教训为"庭训"或"过庭之训"。

伊万不要向人提起这一段话。

但第二日，邹七嫂便将那蓝裙去染了皂，又将阿 Q 可疑之点传扬出去了，可是确没有提起秀才要驱逐他这一节。然而这已经于阿 Q 很不利。最先，地保寻上门了，取了他的门幕去，阿 Q 说是赵太太要看的，而地保也不还，并且要议定每月的孝敬钱。其次，是村人对于他的敬畏忽而变相了，虽然还不敢来放肆，却很有远避的神情，而这神情和先前的防他来"嚓"的时候又不同，颇混着"敬而远之"的分子了。

只有一班闲人们却还要寻根究底的去探阿 Q 的底细。阿 Q 也并不讳饰，傲然的说出他的经验来。从此他们才知道，他不过是一个小脚色，不但不能上墙，并且不能进洞，只站在洞外接东西。有一夜，他刚才接到一个包，正手再进去，不一会，只听得里面大嚷起来，他便赶紧跑，连夜爬出城，逃回未庄来了，从此不敢再去做。然而这故事却于阿 Q 更不利，村人对于阿 Q 的"敬而远之"者，本因为怕结怨，谁料他不过是一个不敢再偷的偷儿呢？这实在是"斯亦不足畏也矣"[1]。

第七章 革 命

宣统三年九月十四日[2]——即阿 Q 将搭连卖给赵白眼的这一天——三更四点，有一只大乌篷船到了赵府上的河埠头。这船从黑魆魆中荡来，乡下人睡得熟，都没有知道；出去时将近黎明，却很有几个看见的了。据探头探脑的调查来的结果，知道那竟是举人老爷的船！

那船便将大不安载给了未庄，不到正午，全村的人心就很动摇。船的使命，赵家本来是很秘密的，但茶坊酒肆里却都说，革命党要进城，举人老爷

---

[1] "斯亦不足畏也矣"：语见《论语·子罕》。
[2] 宣统三年九月十四日：这一天是公元一九一一年十一月四日，辛亥革命武昌起义后的第二十五天。据《中国革命记》第三册（一九一一年上海自由社编印）记载：辛亥九月十四日杭州府为民军占领，绍兴府即日宣布光复。

到我们乡下来逃难了。惟有邹七嫂不以为然，说那不过是几口破衣箱，举人老爷想来寄存的，却已被赵太爷回复转去。其实举人老爷和赵秀才素不相能，在理本不能有"共患难"的情谊，况且邹七嫂又和赵家是邻居，见闻较为切近，所以大概该是伊对的。

然而谣言很旺盛，说举人老爷虽然似乎没有亲到，却有一封长信，和赵家排了"转折亲"。赵太爷肚里一轮，觉得于他总不会有坏处，便将箱子留下了，现就塞在太太的床底下。至于革命党，有的说是便在这一夜进了城，个个白盔白甲：穿着崇正皇帝的素[1]。

阿Q的耳朵里，本来早听到过革命党这一句话，今年又亲眼见过杀掉革命党。但他有一种不知从那里来的意见，以为革命党便是造反，造反便是与他为难，所以一向是"深恶而痛绝之"的。殊不料这却使百里闻名的举人老爷有这样怕，于是他未免也有些"神往"了，况且未庄的一群鸟男女的慌张的神情，也使阿Q更快意。

"革命也好罢，"阿Q想，"革这伙妈妈的命，太可恶！太可恨！……便是我，也要投降革命党了。"

阿Q近来用度窘，大约略略有些不平；加以午间喝了两碗空肚酒，愈加醉得快，一面想一面走，便又飘飘然起来。不知怎么一来，忽而似乎革命党便是自己，未庄人却都是他的俘虏了。他得意之余，禁不住大声的嚷道：

"造反了！造反了！"

未庄人都用了惊惧的眼光对他看。这一种可怜的眼光，是阿Q从来没有见过的，一见之下，又使他舒服得如六月里喝了雪水。他更加高兴的走而且喊道：

"好，……我要什么就是什么，我欢喜谁就是谁。

得得，锵锵！

---

[1] 穿着崇正皇帝的素：崇正，作品中人物对崇祯的讹称。崇祯是明思宗（朱由检）的年号。明亡于清，后来有些农民起义的部队，常用"反清复明"的口号来反对清朝统治，因此直到清末还有人认为革命军起义是替崇祯皇帝报仇。

悔不该，酒醉错斩了郑贤弟，

悔不该，呀呀呀……

得得，锵锵，得，锵令锵！

我手执钢鞭将你打……"

赵府上的两位男人和两个真本家，也正站在大门口论革命。阿Q没有见，昂了头直唱过去。

"得得，……"

"老Q，"赵太爷怯怯的迎着低声的叫。

"锵锵，"阿Q料不到他的名字会和"老"字联结起来，以为是一句别的话，与己无干，只是唱。"得，锵，锵令锵，锵！"

"老Q。"

"悔不该……"

"阿Q！"秀才只得直呼其名了。

阿Q这才站住，歪着头问道，"什么？"

"老Q，……现在……"赵太爷却又没有话，"现在……发财么？"

"发财？自然。要什么就是什么……"

"阿……Q哥，像我们这样穷朋友是不要紧的……"赵白眼惴惴的说，似乎想探革命党的口风。

"穷朋友？你总比我有钱。"阿Q说着自去了。

大家都怃然，没有话。赵太爷父子回家，晚上商量到点灯。赵白眼回家，便从腰间扯下搭连来，交给他女人藏在箱底里。

阿Q飘飘然的飞了一通，回到土谷祠，酒已经醒透了。这晚上，管祠的老头子也意外的和气，请他喝茶；阿Q便向他要了两个饼，吃完之后，又要了一支点过的四两烛和一个树烛台，点起来，独自躺在自己的小屋里。他说不出的新鲜而且高兴，烛火像元夜似的闪闪的跳，他的思想也迸跳起来了：——

"造反？有趣，……来了一阵白盔白甲的革命党，都拿着板刀，钢鞭，炸弹，洋炮，三尖两刃刀，钩镰枪，走过土谷祠，叫道，'阿Q！同去同去！'于是一同去。……

"这时未庄的一伙鸟男女才好笑哩，跪下叫道，'阿Q，饶命！'谁听他！第一个该死的是小D和赵太爷，还有秀才，还有假洋鬼子，……留几条么？王胡本来还可留，但也不要了。……

"东西，……直走进去打开箱子来：元宝，洋钱，洋纱衫，……秀才娘子的一张宁式床[1]先搬到土谷祠，此外便摆了钱家的桌椅，——或者也就用赵家的罢。自己是不动手的了，叫小D来搬，要搬得快，搬得不快打嘴巴。……

"赵司晨的妹子真丑。邹七嫂的女儿过几年再说。假洋鬼子的老婆会和没有辫子的男人睡觉，吓，不是好东西！秀才的老婆是眼胞上有疤的。……吴妈长久不见了，不知道在那里，——可惜脚太大。"

阿Q没有想得十分停当，已经发了鼾声，四两烛还只点去了小半寸，红焰焰的光照着他张开的嘴。

"荷荷！"阿Q忽而大叫起来，抬了头仓皇的四顾，待到看见四两烛，却又倒头睡去了。

第二天他起得很迟，走出街上看时，样样都照旧。他也仍然肚饿，他想着，想不起什么来；但他忽而似乎有了主意了，慢慢的跨开步，有意无意的走到静修庵。

庵和春天时节一样静，白的墙壁和漆黑的门。他想了一想，前去打门，一只狗在里面叫。他急急拾了几块断砖，再上去较为用力的打，打到黑门上生出许多麻点的时候，才听得有人来开门。

阿Q连忙捏好砖头，摆开马步，准备和黑狗来开战。但庵门只开了一条缝，并无黑狗从中冲出，望进去只有一个老尼姑。

"你又来什么事？"伊大吃一惊的说。

"革命了……你知道？……"阿Q说得很含胡。

---

[1] 宁式床：浙江宁波一带制作的一种比较讲究的床。

"革命革命，革过一革的，……你们要革得我们怎么样呢？"老尼姑两眼通红的说。

"什么？……"阿Q诧异了。

"你不知道，他们已经来革过了！"

"谁？……"阿Q更其诧异了。

"那秀才和洋鬼子！"

阿Q很出意外，不由的一错愕；老尼姑见他失了锐气，便飞速的关了门，阿Q再推时，牢不可开，再打时，没有回答了。

那还是上午的事。赵秀才消息灵，一知道革命党已在夜间进城，便将辫子盘在顶上，一早去拜访那历来也不相能的钱洋鬼子。这是"咸与维新"[1]的时候了，所以他们便谈得很投机，立刻成了情投意合的同志，也相约去革命。他们想而又想，才想出静修庵里有一块"皇帝万岁万万岁"的龙牌，是应该赶紧革掉的，于是又立刻同到庵里去革命。因为老尼姑来阻挡，说了三句话，他们便将伊当作满政府，在头上很给了不少的棍子和栗凿。尼姑待他们走后，定了神来检点，龙牌固然已经碎在地上了，而且又不见了观音娘娘座前的一个宣德炉[2]。

这事阿Q后来才知道。他颇悔自己睡着，但也深怪他们不来招呼他。他又退一步想道：

"难道他们还没有知道我已经投降了革命党么？"

第八章　不准革命

未庄的人心日见其安静了。据传来的消息，知道革命党虽然进了城，倒还没有什么大异样。知县大老爷还是原官，不过改称了什么，而且举人老爷也

---

[1]　"咸与维新"：语见《尚书·胤征》："旧染污俗，咸与维新。"原意是对一切受恶习影响的人都给以弃旧从新的机会。这里指辛亥革命时革命派与反对势力妥协，地主官僚等乘此投机的现象。

[2]　宣德炉：明宣宗宣德年间（1426—1435）制造的一种比较名贵的小型铜香炉，炉底有"大明宣德年制"字样。

做了什么——这些名目,未庄人都说不明白——官,带兵的也还是先前的老把总[1]。只有一件可怕的事是另有几个不好的革命党夹在里面捣乱,第二天便动手剪辫子,听说那邻村的航船七斤便着了道儿,弄得不像人样子了。但这却还不算大恐怖,因为未庄人本来少上城,即使偶有想进城的,也就立刻变了计,碰不着这危险。阿Q本也想进城去寻他的老朋友,一得这消息,也只得作罢了。

但未庄也不能说是无改革。几天之后,将辫子盘在顶上的逐渐增加起来了,早经说过,最先自然是茂才公,其次便是赵司晨和赵白眼,后来是阿Q。倘在夏天,大家将辫子盘在头顶上或者打一个结,本不算什么稀奇事,但现在是暮秋,所以这"秋行夏令"的情形,在盘辫家不能不说是万分的英断,而在未庄也不能说无关于改革了。

赵司晨脑后空荡荡的走来,看见的人大嚷说,

"嚄,革命党来了!"

阿Q听到了很羡慕。他虽然早知道秀才盘辫的大新闻,但总没有想到自己可以照样做,现在看见赵司晨也如此,才有了学样的意思,定下实行的决心。他用一支竹筷将辫子盘在头顶上,迟疑多时,这才放胆的走去。

他在街上走,人也看他,然而不说什么话,阿Q当初很不快,后来便很不平。他近来很容易闹脾气了;其实他的生活,倒也并不比造反之前反艰难,人见他也客气,店铺也不说要现钱。而阿Q总觉得自己太失意:既然革了命,不应该只是这样的。况且有一回看见小D,愈使他气破肚皮了。

小D也将辫子盘在头顶上了,而且也居然用一支竹筷。阿Q万料不到他也敢这样做,自己也决不准他这样做!小D是什么东西呢?他很想即刻揪住他,拗断他的竹筷,放下他的辫子,并且批他几个嘴巴,聊且惩罚他忘了生辰八字,也敢来做革命党的罪。但他终于饶放了,单是怒目而视的吐一口唾沫道"呸!"

这几日里,进城去的只有一个假洋鬼子。赵秀才本也想靠着寄存箱子的

---

[1] 把总:清代最下一级的武官。

渊源，亲身去拜访举人老爷的，但因为有剪辫的危险，所以也就中止了。他写了一封"黄伞格"[1]的信，托假洋鬼子带上城，而且托他给自己绍介绍介，去进自由党。假洋鬼子回来时，向秀才讨还了四块洋钱，秀才便有一块银桃子挂在大襟上了；未庄人都惊服，说这是柿油党的顶子[2]，抵得一个翰林[3]；赵太爷因此也骤然大阔，远过于他儿子初隽秀才的时候，所以目空一切，见了阿Q，也就很有些不放在眼里了。

阿Q正在不平，又时时刻刻感着冷落，一听得这银桃子的传说，他立即悟出自己之所以冷落的原因了：要革命，单说投降，是不行的；盘上辫子，也不行的；第一着仍然要和革命党去结识。他生平所知道的革命党只有两个，城里的一个早已"嚓"的杀掉了，现在只剩了一个假洋鬼子。他除却赶紧去和假洋鬼子商量之外，再没有别的道路了。

钱府的大门正开着，阿Q便怯怯的蹩进去。他一到里面，很吃了惊，只见假洋鬼子正站在院子的中央，一身乌黑的大约是洋衣，身上也挂着一块银桃子，手里是阿Q曾经领教过的棍子，已经留到一尺多长的辫子都拆开了披在肩背上，蓬头散发的像一个刘海仙[4]。对面挺直的站着赵白眼和三个闲人，正在毕恭毕敬的听说话。

阿Q轻轻的走近了，站在赵白眼的背后，心里想招呼，却不知道怎么说才好：叫他假洋鬼子固然是不行的了，洋人也不妥，革命党也不妥，或者就应该叫洋先生了罢。

洋先生却没有见他，因为白着眼睛讲得正起劲：

"我是性急的，所以我们见面，我总是说：洪哥[5]！我们动手罢！他却总

---

[1] "黄伞格"：一种写信格式。这样的信表示对于对方的恭敬。
[2] 柿油党的顶子：柿油党是"自由党"的谐音，作者在《华盖集续集·阿Q正传的成因》中说："'柿油党'……原是'自由党'，乡下人不能懂，便讹成他们能懂的'柿油党'了。"顶子是清代官员帽顶上表示官阶的帽珠。这里是未庄人把自由党的徽章比作官员的"顶子"。
[3] 翰林：唐代以来皇帝的文学侍从的名称。明、清时代凡进士选入翰林院供职者通称翰林，担任编修国史、起草文件等工作，是一种名望较高的文职官衔。
[4] 刘海仙：指五代时的刘海蟾。相传他在终南山修道成仙。流行于民间的他的画像，一般都是披着长发，前额覆有短发。
[5] 洪哥：大概指黎元洪。他原任清朝新军第二十一混成协的协统（相当于以后的旅长），一九一一年武昌起义时，被拉出来担任革命军的鄂军都督。他并未参与武昌起义的筹划。

说道 No！——这是洋话，你们不懂的。否则早已成功了。然而这正是他做事小心的地方。他再三再四的请我上湖北，我还没有肯。谁愿意在这小县城里做事情。……"

"唔，……这个……"阿Q候他略停，终于用十二分的勇气开口了，但不知道因为什么，又并不叫他洋先生。

听着说话的四个人都吃惊的回顾他。洋先生也才看见：

"什么？"

"我……"

"出去！"

"我要投……"

"滚出去！"洋先生扬起哭丧棒来了。

赵白眼和闲人们便都吆喝道："先生叫你滚出去，你还不听么！"

阿Q将手向头上一遮，不自觉的逃出门外；洋先生倒也没有追。他快跑了六十多步，这才慢慢的走，于是心里便涌起了忧愁：洋先生不准他革命，他再没有别的路；从此决不能望有白盔白甲的人来叫他，他所有的抱负，志向，希望，前程，全被一笔勾销了。至于闲人们传扬开去，给小D王胡等辈笑话，倒是还在其次的事。

他似乎从来没有经验过这样的无聊。他对于自己的盘辫子，仿佛也觉得无意味，要侮蔑；为报仇起见，很想立刻放下辫子来，但也没有竟放。他游到夜间，赊了两碗酒，喝下肚去，渐渐的高兴起来了，思想里才又出现白盔白甲的碎片。

有一天，他照例的混到夜深，待酒店要关门，才踱回土谷祠去。

拍，吧……！

他忽而听得一种异样的声音，又不是爆竹。阿Q本来是爱看热闹，爱管闲事的，便在暗中直寻过去。似乎前面有些脚步声；他正听，猛然间一个人从对面逃来了。阿Q一看见，便赶紧翻身跟着逃。那人转弯，阿Q也转弯，那人站住了，阿Q也站住。他看后面并无什么，看那人便是小D。

"什么？"阿Q不平起来了。

"赵……赵家遭抢了！"小D气喘吁吁的说。

阿Q的心怦怦的跳了。小D说了便走；阿Q却逃而又停的两三回。但他究竟是做过"这路生意"，格外胆大，于是蹩出路角，仔细的听，似乎有些嚷嚷，又仔细的看，似乎许多白盔白甲的人，络绎的将箱子抬出了，器具抬出了，秀才娘子的宁式床也抬出了，但是不分明，他还想上前，两只脚却没有动。

这一夜没有月，未庄在黑暗里很寂静，寂静到像羲皇[1]时候一般太平。阿Q站着看到自己发烦，也似乎还是先前一样，在那里来来往往的搬，箱子抬出了，器具抬出了，秀才娘子的宁式床也抬出了，……抬得他自己有些不信他的眼睛了。但他决计不再上前，却回到自己的祠里去了。

土谷祠里更漆黑；他关好大门，摸进自己的屋子里。他躺了好一会，这才定了神，而且发出关于自己的思想来：白盔白甲的人明明到了，并不来打招呼，搬了许多好东西，又没有自己的份，——这全是假洋鬼子可恶，不准我造反，否则，这次何至于没有我的份呢？阿Q越想越气，终于禁不住满心痛恨起来，毒毒的点一点头："不准我造反，只准你造反？妈妈的假洋鬼子，——好，你造反！造反是杀头的罪名呵，我总要告一状，看你抓进县里去杀头，——满门抄斩，——嚓！嚓！"

第九章　大团圆

赵家遭抢之后，未庄人大抵很快意而且恐慌，阿Q也很快意而且恐慌。但四天之后，阿Q在半夜里忽被抓进县城里去了。那时恰是暗夜，一队兵，一队团丁，一队警察，五个侦探，悄悄地到了未庄，乘昏暗围住土谷祠，正对门架好机关枪；然而阿Q不冲出。许多时没有动静，把总焦急起来了，悬了

---

[1] 羲皇：指伏羲氏。传说中我国上古时代的帝王。他的时代过去曾被形容为太平盛世。

二十千的赏,才有两个团丁冒了险,逾垣进去,里应外合,一拥而入,将阿Q抓出来;直待擒出祠外面的机关枪左近,他才有些清醒了。

到进城,已经是正午,阿Q见自己被搀进一所破衙门,转了五六个弯,便推在一间小屋里。他刚刚一跄踉,那用整株的木料做成的栅栏门便跟着他的脚跟阖上了,其余的三面都是墙壁,仔细看时,屋角上还有两个人。

阿Q虽然有些忐忑,却并不很苦闷,因为他那土谷祠里的卧室,也并没有比这间屋子更高明。那两个也仿佛是乡下人,渐渐和他兜搭起来了,一个说是举人老爷要追他祖父欠下来的陈租,一个不知道为了什么事。他们问阿Q,阿Q爽利的答道,"因为我想造反。"

他下半天便又被抓出栅栏门去了,到得大堂,上面坐着一个满头剃得精光的老头子。阿Q疑心他是和尚,但看见下面站着一排兵,两旁又站着十几个长衫人物,也有满头剃得精光像这老头子的,也有将一尺来长的头发披在背后像那假洋鬼子的,都是一脸横肉,怒目而视的看他;他便知道这人一定有些来历,膝关节立刻自然而然的宽松,便跪了下去了。

"站着说!不要跪!"长衫人物都吆喝说。

阿Q虽然似乎懂得,但总觉得站不住,身不由己的蹲了下去,而且终于趁势改为跪下了。

"奴隶性!……"长衫人物又鄙夷似的说,但也没有叫他起来。

"你从实招来罢,免得吃苦。我早都知道了。招了可以放你。"那光头的老头子看定了阿Q的脸,沉静的清楚的说。

"招罢!"长衫人物也大声说。

"我本来要……来投……"阿Q胡里胡涂的想了一通,这才断断续续的说。

"那么,为什么不来的呢?"老头子和气的问。

"假洋鬼子不准我!"

"胡说!此刻说,也迟了。现在你的同党在那里?"

"什么?……"

"那一晚打劫赵家的一伙人。"

"他们没有来叫我。他们自己搬走了。"阿Q提起来便愤愤。

"走到那里去了呢?说出来便放你了。"老头子更和气了。

"我不知道,……他们没有来叫我……"

然而老头子使了一个眼色,阿Q便又被抓进栅栏门里了。他第二次抓出栅栏门,是第二天的上午。

大堂的情形都照旧。上面仍然坐着光头的老头子,阿Q也仍然下了跪。

老头子和气的问道,"你还有什么话说么?"

阿Q一想,没有话,便回答说,"没有。"

于是一个长衫人物拿了一张纸,并一支笔送到阿Q的面前,要将笔塞在他手里。阿Q这时很吃惊,几乎"魂飞魄散"了:因为他的手和笔相关,这回是初次。他正不知怎样拿;那人却又指着一处地方教他画花押。

"我……我……不认得字。"阿Q一把抓住了笔,惶恐而且惭愧的说。

"那么,便宜你,画一个圆圈!"

阿Q要画圆圈了,那手捏着笔却只是抖。于是那人替他将纸铺在地上,阿Q伏下去,使尽了平生的力气画圆圈。他生怕被人笑话,立志要画得圆,但这可恶的笔不但很沉重,并且不听话,刚刚一抖一抖的几乎要合缝,却又向外一耸,画成瓜子模样了。

阿Q正羞愧自己画得不圆,那人却不计较,早已擎了纸笔去,许多人又将他第二次抓进栅栏门。

他第二次进了栅栏,倒也并不十分懊恼。他以为人生天地之间,大约本来有时要抓进抓出,有时要在纸上画圆圈的,惟有圈而不圆,却是他"行状"上的一个污点。但不多时也就释然了,他想:孙子才画得很圆的圆圈呢。于是他睡着了。

然而这一夜,举人老爷反而不能睡:他和把总呕了气了。举人老爷主张第一要追赃,把总主张第一要示众。把总近来很不将举人老爷放在眼里了,拍案打凳的说道,"惩一儆百!你看,我做革命党还不上二十天,抢案就是十几件,全不破案,我的面子在那里?破了案,你又来迕。不成!这是我管的!"

举人老爷窘急了，然而还坚持，说是倘若不追赃，他便立刻辞了帮办民政的职务。而把总却道，"请便罢！"于是举人老爷在这一夜竟没有睡，但幸第二天倒也没有辞。

阿Q第三次抓出栅栏门的时候，便是举人老爷睡不着的那一夜的明天的上午了。他到了大堂，上面还坐着照例的光头老头子；阿Q也照例的下了跪。

老头子很和气的问道，"你还有什么话么？"

阿Q一想，没有话，便回答说，"没有。"

许多长衫和短衫人物，忽然给他穿上一件洋布的白背心，上面有些黑字。阿Q很气苦：因为这很像是带孝，而带孝是晦气的。然而同时他的两手反缚了，同时又被一直抓出衙门外去了。

阿Q被抬上了一辆没有篷的车，几个短衣人物也和他同坐在一处。这车立刻走动了，前面是一班背着洋炮的兵们和团丁，两旁是许多张着嘴的看客，后面怎样，阿Q没有见。但他突然觉到了：这岂不是去杀头么？他一急，两眼发黑，耳朵里嗡的一声，似乎发昏了。然而他又没有全发昏，有时虽然着急，有时却也泰然；他意思之间，似乎觉得人生天地间，大约本来有时也未免要杀头的。

他还认得路，于是有些诧异了：怎么不向着法场走呢？他不知道这是在游街，在示众。但即使知道也一样，他不过便以为人生天地间，大约本来有时也未免要游街要示众罢了。

他省悟了，这是绕到法场去的路，这一定是"嚓"的去杀头。他惘惘的向左右看，全跟着蚂蚁似的人，而在无意中，却在路旁的人丛中发现了一个吴妈。很久违，伊原来在城里做工了。阿Q忽然很羞愧自己没志气：竟没有唱几句戏。他的思想仿佛旋风似的在脑里一回旋：《小孤孀上坟》欠堂皇，《龙虎斗》里的"悔不该……"也太乏，还是"手执钢鞭将你打"罢。他同时想手一扬，才记得这两手原来都捆着，于是"手执钢鞭"也不唱了。

"过了二十年又是一个……"阿Q在百忙中，"无师自通"的说出半句从来不说的话。

"好！！！"从人丛里，便发出豺狼的嗥叫一般的声音来。

车子不住的前行，阿Q在喝采声中，轮转眼睛去看吴妈，似乎伊一向并没有见他，却只是出神的看着兵们背上的洋炮。

阿Q于是再看那些喝采的人们。

这刹那中，他的思想又仿佛旋风似的在脑里一回旋了。四年之前，他曾在山脚下遇见一只饿狼，永是不近不远的跟定他，要吃他的肉。他那时吓得几乎要死，幸而手里有一柄斫柴刀，才得仗这壮了胆，支持到未庄；可是永远记得那狼眼睛，又凶又怯，闪闪的像两颗鬼火，似乎远远的来穿透了他的皮肉。而这回他又看见从来没有见过的更可怕的眼睛了，又钝又锋利，不但已经咀嚼了他的话，并且还要咀嚼他皮肉以外的东西，永是不近不远的跟他走。

这些眼睛们似乎连成一气，已经在那里咬他的灵魂。

"救命，……"

然而阿Q没有说。他早就两眼发黑，耳朵里嗡的一声，觉得全身仿佛微尘似的迸散了。

至于当时的影响，最大的倒反在举人老爷，因为终于没有追赃，他全家都号咷了。其次是赵府，非特秀才因为上城去报官，被不好的革命党剪了辫子，而且又破费了二十千的赏钱，所以全家也号咷了。从这一天以来，他们便渐渐的都发生了遗老的气味。

至于舆论，在未庄是无异议，自然都说阿Q坏，被枪毙便是他的坏的证据；不坏又何至于被枪毙呢？而城里的舆论却不佳，他们多半不满足，以为枪毙并无杀头这般好看；而且那是怎样的一个可笑的死囚呵，游了那么久的街，竟没有唱一句戏：他们白跟一趟了。

一九二一年十二月

[阿 Q 正传 导读]

情节回顾

1. 按照常规，给一个人做传，至少要交代他的姓名和出生信息，然而阿 Q 的姓名籍贯如此渺茫，表明了阿 Q 是怎样的地位和处境？

2. 阿 Q 生平中遭受了哪两次羞辱？阿 Q 认为它们是生平两件屈辱的事的原因是什么？

3. 请简述一下阿 Q 是如何被迫进城的。

作品理解

1. 请试着在第二章"优胜记略"中找出阿 Q 所说的"我们先前——比你阔的多啦！你算是什么东西！"，这一类的"名言"还有哪些？由此来分析一下阿 Q 这是一种什么心态。

2. 在第六章"从中兴到末路"中，阿 Q 从城里回来，来到酒店门前时，从腰间伸出手来，满把是银的和铜的，在柜上一扔，说"现钱！打酒来！"。可以看到他与《孔乙己》中的孔乙己买酒时的"排"的动作很不一样，试比较，这里的"扔"字表现了阿 Q 的什么心态？

沉淀思考

1. 在第四章"恋爱的悲剧"中作者说："中国的男人，本来大半都可以做圣贤，可惜全被女人毁掉了。"对这句话你怎么看，由此可以试着分析下阿Q的女性观。

2. 为什么今天还常在人们口中听到阿Q和阿Q精神这样的话，好像这已经不仅仅是一部小说主人公和内容这么简单了，对此你有什么想法呢？今人身上很"阿Q"的点会在哪里呢？

编者按：

鲁迅在《阿Q正传的成因》中说，他创作这部小说，经历了由"开心"到"不很开心"到"认真"的过程。读者阅读这部小说，也会经历一个由乐到悲的过程。反复阅读作品参考下面摘录的王冶秋的"读书随笔"，说说你对这部小说笑中含泪的艺术特色的体会。这篇民族的杰作，绝不是看一遍所能消化的：

第一遍：我们会笑得肚子痛；

第二遍：才咂一点不是笑的成分；

第三遍：鄙弃阿Q的为人；

第四遍：鄙弃化为同情；

第五遍：同情化为深思的眼泪；

第六遍：阿Q还是阿Q；

第七遍：阿Q向自己身上扑来，要和你"困觉"；

第八遍：合而为一；

第九遍：化为你的亲戚故旧；

第十遍：扩大到你的左邻右舍；

第十一遍：扩大到全国；

第十二遍：甚至扩大到洋人的国土；

第十三遍：你觉得它是一面镜子；

第十四遍：也许是报警器。

端午节

方玄绰近来爱说"差不多"这一句话，几乎成了"口头禅"似的；而且不但说，的确也盘踞在他脑里了。他最初说的是"都一样"，后来大约觉得欠稳当了，便改为"差不多"，一直使用到现在。

他自从发见了这一句平凡的警句以后，虽然引起了不少的新感慨，同时却也得到许多新慰安。譬如看见老辈威压青年，在先是要愤愤的，但现在却就转念道，将来这少年有了儿孙时，大抵也要摆这架子的罢，便再没有什么不平了。又如看见兵士打车夫，在先也要愤愤的，但现在也就转念道，倘使这车夫当了兵，这兵拉了车，大抵也就这么打，便再也不放在心上了。他这样想着的时候，有时也疑心是因为自己没有和恶社会奋斗的勇气，所以瞒心昧己的故意造出来的一条逃路，很近于"无是非之心"[1]，远不如改正了好。然而这意见，总反而在他脑里生长起来。

他将这"差不多说"最初公表的时候是在北京首善学校的讲堂上，其时大概是提起关于历史上的事情来，于是说到"古今人不相远"，说到各色人等的"性相近"[2]，终于牵扯到学生和官僚身上，大发其议论道：

"现在社会上时髦的都通行骂官僚，而学生骂得尤利害。然而官僚并不是天生的特别种族，就是平民变就的。现在学生出身的官僚就不少，和老官僚

---

[1] "无是非之心"：语见《孟子·公孙丑》："无是非之心，非人也。"
[2] "性相近"：语见《论语·阳货》："性相近也，习相远也。"

有什么两样呢？'易地则皆然'[1]，思想言论举动丰采都没有什么大区别……便是学生团体新办的许多事业，不是也已经难免出弊病，大半烟消火灭了么？差不多的。但中国将来之可虑就在此……"

散坐在讲堂里的二十多个听讲者，有的怅然了，或者是以为这话对；有的勃然了，大约是以为侮辱了神圣的青年；有几个却对他微笑了，大约以为这是他替自己的辩解：因为方玄绰就是兼做官僚的。

而其实却是都错误。这不过是他的一种新不平；虽说不平，又只是他的一种安分的空论。他自己虽然不知道是因为懒，还是因为无用，总之觉得是一个不肯运动，十分安分守己的人。总长冤他有神经病，只要地位还不至于动摇，他决不开一开口；教员的薪水欠到大半年了，只要别有官俸支持，他也决不开一开口。不但不开口，当教员联合索薪的时候，他还暗地里以为欠斟酌，太嚷嚷；直到听得同寮过分的奚落他们了，这才略有些小感慨，后来一转念，这或者因为自己正缺钱，而别的官并不兼做教员的缘故罢，于是就释然了。

他虽然也缺钱，但从没有加入教员的团体内，大家议决罢课，可是不去上课了。政府说"上了课才给钱"，他才略恨他们的类乎用果子耍猴子；一个大教育家[2]说道"教员一手挟书包一手要钱不高尚"，他才对于他的太太正式的发牢骚了。

"喂，怎么只有两盘？"听了"不高尚说"这一日的晚餐时候，他看着菜蔬说。

他们是没有受过新教育的，太太并无学名或雅号，所以也就没有什么称呼了，照老例虽然也可以叫"太太"，但他又不愿意太守旧，于是就发明了一个"喂"字。太太对他却连"喂"字也没有，只要脸向着他说话，依据习惯法，他就知道这话是对他而发的。

"可是上月领来的一成半都完了……昨天的米，也还是好容易才赊来的

---

[1] "易地则皆然"：语见《孟子·离娄》。
[2] 大教育家：指范源濂。据北京《语丝》周刊第十四期《理想中的教师》一文追述："前教育总长……范静生先生（按：即范源濂）也曾非难过北京各校的教员，说他们一手拿钱，一手拿书包上课。"

呢。"伊站在桌旁，脸对着他说。

"你看，还说教书的要薪水是卑鄙哩。这种东西似乎连人要吃饭，饭要米做，米要钱买这一点粗浅事情都不知道……"

"对啦。没有钱怎么买米，没有米怎么煮……"

他两颊都鼓起来了，仿佛气恼这答案正和他的议论"差不多"，近乎随声附和模样；接着便将头转向别一面去了，依据习惯法，这是宣告讨论中止的表示。

待到凄风冷雨这一天，教员们因为向政府去索欠薪[1]，在新华门前烂泥里被国军打得头破血出之后，倒居然也发了一点薪水。方玄绰不费一举手之劳的领了钱，酌还些旧债，却还缺一大笔款，这是因为官俸也颇有些拖欠了。当是时，便是廉吏清官们也渐以为薪之不可不索，而况兼做教员的方玄绰，自然更表同情于学界起来，所以大家主张继续罢课的时候，他虽然仍未到场，事后却尤其心悦诚服的确守了公共的决议。

然而政府竟又付钱，学校也就开课了。但在前几天，却有学生总会上一个呈文给政府，说"教员倘若不上课，便不要付欠薪。"这虽然并无效，而方玄绰却忽而记起前回政府所说的"上了课才给钱"的话来，"差不多"这一个影子在他眼前又一晃，而且并不消灭，于是他便在讲堂上公表了。

准此，可见如果将"差不多说"锻炼罗织起来，自然也可以判作一种挟带私心的不平，但总不能说是专为自己做官的辩解。只是每到这些时，他又常常喜欢拉上中国将来的命运之类的问题，一不小心，便连自己也以为是一个忧国的志士；人们是每苦于没有"自知之明"的。

但是"差不多"的事实又发生了，政府当初虽只不理那些招人头痛的教员，后来竟不理到无关痛痒的官吏，欠而又欠，终于逼得先前鄙薄教员要钱的好官，也很有几员化为索薪大会里的骁将了。惟有几种《日报》上却很发

---

[1] 索欠薪：指当时曾发生的索薪事件。一九二一年六月三日，国立北京专门以上八校辞职教职员代表联席会，联合全市各校教职员工和学生群众一万多人举行示威游行，向以徐世昌为首的北洋军阀政府索取欠薪，遭到镇压，多人受伤。下文的新华门，在北京西长安街，当时曾是北洋军阀政府总统府的大门。

了些鄙薄讥笑他们的文字。方玄绰也毫不为奇，毫不介意，因为他根据了他的"差不多说"，知道这是新闻记者还未缺少润笔[1]的缘故，万一政府或是阔人停了津贴，他们多半也要开大会的。

他既已表同情于教员的索薪，自然也赞成同寮的索俸，然而他仍然安坐在衙门中，照例的并不一同去讨债。至于有人疑心他孤高，那可也不过是一种误解罢了。他自己说，他是自从出世以来，只有人向他来要债，他从没有向人去讨过债，所以这一端是"非其所长"。而且他最不敢见手握经济之权的人物，这种人待到失了权势之后，捧着一本《大乘起信论》[2]讲佛学的时候，固然也很是"蔼然可亲"的了，但还在宝座上时，却总是一副阎王脸，将别人都当奴才看，自以为手操着你们这些穷小子们的生杀之权。他因此不敢见，也不愿见他们。这种脾气，虽然有时连自己也觉得是孤高，但往往同时也疑心这其实是没本领。

大家左索右索，总算一节一节的挨过去了，但比起先前来，方玄绰究竟是万分的拮据，所以使用的小厮和交易的店家不消说，便是方太太对于他也渐渐的缺了敬意，只要看伊近来不很附和，而且常常提出独创的意见，有些唐突的举动，也就可以了然了。到了阴历五月初四的午前，他一回来，伊便将一叠账单塞在他的鼻子跟前，这也是往常所没有的。

"一总总得一百八十块钱才够开消……发了么？"伊并不对着他看的说。

"哼，我明天不做官了。钱的支票是领来的了，可是索薪大会的代表不发放，先说是没有同去的人都不发，后来又说是要到他们跟前去亲领。他们今天单捏着支票，就变了阎王脸了，我实在怕看见……我钱也不要了，官也不做了，这样无限量的卑屈……"

方太太见了这少见的义愤，倒有些愕然了，但也就沉静下来。

"我想，还不如去亲领罢，这算什么呢。"伊看着他的脸说。

"我不去！这是官俸，不是赏钱，照例应该由会计科送来的。"

---

[1] 润笔：原指给撰作诗文或写字、画画的人的报酬，后来也用作稿酬的别称。
[2] 《大乘起信论》：佛经名。印度马鸣菩萨作。

"可是不送来又怎么好呢……哦，昨夜忘记说了，孩子们说那学费，学校里已经催过好几次了，说是倘若再不缴……"

"胡说！做老子的办事教书都不给钱，儿子去念几句书倒要钱？"

伊觉得他已经不很顾忌道理，似乎就要将自己当作校长来出气，犯不上，便不再言语了。

两个默默的吃了午饭。他想了一会，又懊恼的出去了。

照旧例，近年是每逢节根或年关的前一天，他一定须在夜里的十二点钟才回家，一面走，一面掏着怀中，一面大声的叫道，"喂，领来了！"于是递给伊一叠簇新的中交票[1]，脸上很有些得意的形色。谁知道初四这一天却破了例，他不到七点钟便回家来。方太太很惊疑，以为他竟已辞了职了，但暗暗地察看他脸上，却也并不见有什么格外倒运的神情。

"怎么了？……这样早？……"伊看定了他说。

"发不及了，领不出了，银行已经关了门，得等初八。"

"亲领？……"伊惴惴的问。

"亲领这一层，倒也已经取消了，听说仍旧由会计科分送。可是银行今天已经关了门，休息三天，得等到初八的上午。"他坐下，眼睛看着地面了，喝过一口茶，才又慢慢的开口说，"幸而衙门里也没有什么问题了，大约到初八就准有钱……向不相干的亲戚朋友去借钱，实在是一件烦难事。我午后硬着头皮去寻金永生，谈了一会，他先恭维我不去索薪，不肯亲领，非常之清高，一个人正应该这样做；待到知道我想要向他通融五十元，就像我在他嘴里塞了一大把盐似的，凡有脸上可以打皱的地方都打起皱来，说房租怎样的收不起，买卖怎样的赔本，在同事面前亲身领款，也不算什么的，即刻将我支使出来了。"

"这样紧急的节根，谁还肯借出钱去呢。"方太太却只淡淡的说，并没有什么慨然。

---

[1] 中交票：中国银行和交通银行（都是当时的国家银行）发行的钞票。

方玄绰低下头了，觉得这也无怪其然的，况且自己和金永生本来很疏远。他接着就记起去年年关的事来，那时有一个同乡来借十块钱，他其时明明已经收到了衙门的领款凭单的了，因为恐怕这人将来未必会还钱，便装了一副为难的神色，说道衙门里既然领不到俸钱，学校里又不发薪水，实在"爱莫能助"，将他空手送走了。他虽然自己并不看见装了怎样的脸，但此时却觉得很局促，嘴唇微微一动，又摇一摇头。

然而不多久，他忽而恍然大悟似的发命令了：叫小厮即刻上街去赊一瓶莲花白。他知道店家希图明天多还账，大抵是不敢不赊的，假如不赊，则明天分文不还，正是他们应得的惩罚。

莲花白竟赊来了，他喝了两杯，青白色的脸上泛了红，吃完饭，又颇有些高兴了。他点上一枝大号哈德门香烟，从桌上抓起一本《尝试集》[1]来，躺在床上就要看。

"那么，明天怎么对付店家呢？"方太太追上去，站在床面前，看着他的脸说。

"店家？……教他们初八的下半天来。"

"我可不能这么说。他们不相信，不答应的。"

"有什么不相信。他们可以问去，全衙门里什么人也没有领到，都得初八！"他戟着第二个指头在帐子里的空中画了一个半圆，方太太跟着指头也看了一个半圆，只见这手便去翻开了《尝试集》。

方太太见他强横到出乎情理之外了，也暂时开不得口。

"我想，这模样是闹不下去的，将来总得想点法，做点什么别的事……"伊终于寻到了别的路，说。

"什么法呢？我'文不像誊录生，武不像救火兵'，别的做什么？"

"你不是给上海的书铺子做过文章么？"

"上海的书铺子？买稿要一个一个的算字，空格不算数。你看我做在那里

---

[1] 《尝试集》：胡适作的白话诗集，一九二〇年三月上海亚东图书馆出版。

的白话诗去,空白有多少,怕只值三百大钱一本罢。收版权税又半年六月没消息,'远水救不得近火',谁耐烦。"

"那么,给这里的报馆里……"

"给报馆里?便在这里很大的报馆里,我靠着一个学生在那里做编辑的大情面,一千字也就是这几个钱,即使一早做到夜,能够养活你们么?况且我肚子里也没有这许多文章。"

"那么,过了节怎么办呢?"

"过了节么?——仍旧做官……明天店家来要钱,你只要说初八的下午。"

他又要看《尝试集》了。方太太怕失了机会,连忙吞吞吐吐的说:

"我想,过了节,到了初八,我们……倒不如去买一张彩票[1]……"

"胡说!会说出这样无教育的……"

这时候,他忽而又记起被金永生支使出来以后的事了。那时他惘惘的走过稻香村,看见店门口竖着许多斗大的字的广告道"头彩几万元",仿佛记得心里也一动,或者也许放慢了脚步的罢,但似乎因为舍不得皮夹里仅存的六角钱,所以竟也毅然决然的走远了。他脸色一变,方太太料想他是在恼着伊的无教育,便赶紧退开,没有说完话。方玄绰也没有说完话,将腰一伸,咿咿呜呜的就念《尝试集》。

一九二二年六月

---

[1] 彩票:旧时一种带有赌博性质的奖券。大多由官方发行,编有号码,以一定的价格出售,从售得的款中提出一小部分作奖金,中彩者按头彩、二彩等各种等级得奖。一般不还本,也不计利息。

[端午节 导读]

情节回顾

1. 小说主人公方玄绰作为政府官僚又是个教书先生,这两个身份他是否兼顾得很好?
2. 他的口头禅先后有什么变化,有什么差别?
3. 方玄绰对自己太太是怎么称呼的?为什么会这样?

作品理解

1. 看了《端午节》这篇作品,你觉得该怎样理解和评价方玄绰这个人呢?
2. 本文语言轻松、幽默,充满讽刺意味,通过描写人物的行为、语言和心理的方式来塑造形象,初读使人发笑,细品则令人沉思,你能举例来说明一下其中的效果和作用吗?

沉淀思考

1. 本文的题目为何叫《端午节》?
2. 胡适在1924年写过一篇文章,标题是《差不多先生传》,文中的差不多先生常说:"凡事只要差不多,就好了。何必太精明呢?"于是,小时候,他妈叫他去买红糖,他买了白糖回来。他妈骂他,他摇摇头说:"红糖白糖不是差不多吗?"有一天,他忽然得了急病,叫家人去请东街的汪医生。那家人一时寻不着东街的汪大夫,却把西街牛医王大夫请来了。差不多先生觉得,"好在王大夫同汪大夫也差不多，让他试试看罢。"于是这位牛医王大夫用医牛的法子给差不多先生治病。没过多久，差不多先生就一命呜呼了。这个差不多先生死前还在念叨："活人同死人也差不多，凡事只要差不多就好了，何必太认真呢？"这很夸张，也很可笑。

这个差不多先生的差不多和方玄绰的口头禅"差不多"一样吗？你觉得"差不多"的口头禅好吗？为什么？

编者按：

自从1921年始，鲁迅在北洋政府名下的高校任职，那时北洋政府比较穷，北京的一些学校和机关经常拖欠教职员工的薪水，各校教职工曾经多次发起讨薪运动，鲁迅也曾参加了多次，甚至曾经饿着肚子去总统府讨薪，结果辛苦一夜也未能全部讨到，甚至还有挨打的危险，这让他伤透了脑筋。后来鲁迅围绕着"讨薪"这一话题，写了一篇小说《端午节》，这正如周作人在《鲁迅小说里的人物》里指出的："这是小说，却颇多有自叙的成分，即是情节可能都是小说化，但有许多意思是他自己的。"

另外不知大家在阅读中有没有一种感觉，文中主人公方玄绰虽是个知识分子，但是也很善用阿Q的绝学"精神胜利法"，"譬如看见老辈威压青年，在先是要愤愤的，但现在却就转念道，将来这少年有了儿孙时,大抵也要摆这架子的罢,便再没有什么不平了。又如看见兵士打车夫,在先也要愤愤的,但现在也就转念道,倘使这车夫当了兵,这兵拉了车,大抵也就这么打,便再也不放在心上了。他这样想着的时候,有时也疑心是因为自己没有和恶社会奋斗的勇气,所以瞒心昧己的故意造出来的一条逃路,很近于'无是非之心',远不如改正了好。然而这意见,总反而在他脑里生长起来。"这是不是鲁迅先生在这里打造的一个高阶版本的"精神胜利法"呢?你又是怎么看的呢?

白　光 [1]

陈士成看过县考的榜，回到家里的时候，已经是下午了。他去得本很早，一见榜，便先在这上面寻陈字。陈字也不少，似乎也都争先恐后的跳进他眼睛里来，然而接着的却全不是士成这两个字。他于是重新再在十二张榜的圆图 [2] 里细细地搜寻，看的人全已散尽了，而陈士成在榜上终于没有见，单站在试院的照壁的面前。

凉风虽然拂拂的吹动他斑白的短发，初冬的太阳却还是很温和的来晒他。但他似乎被太阳晒得头晕了，脸色越加变成灰白，从劳乏的红肿的两眼里，发出古怪的闪光。这时他其实早已不看到什么墙上的榜文了，只见有许多乌黑的圆圈，在眼前泛泛的游走。

隽了秀才，上省去乡试，一径联捷上去，……绅士们既然千方百计的来攀亲，人们又都像看见神明似的敬畏，深悔先前的轻薄，发昏，……赶走了租住在自己破宅门里的杂姓——那是不劳说赶，自己就搬的，——屋宇全新了，门口是旗竿和扁额，……要清高可以做京官，否则不如谋外放。……他平日安排停当的前程，这时候又像受潮的糖塔一般，刹时倒塌，只剩下一堆碎片了。他不自觉的旋转了觉得涣散了的身躯，惘惘的走向归家的路。

---

[1] 本篇最初发表于一九二二年七月十日上海《东方杂志》第十九卷第十三号。
[2] 圆图：科举时代县考初试公布的名榜，也叫团榜。一般不计名次。为了便于计算，将每五十名考取者的姓名写成一个圆图；开始一名以较大的字提高写，其次沿时针方向自右至左写去。

他刚到自己的房门口，七个学童便一齐放开喉咙，吱的念起书来。他大吃一惊，耳朵边似乎敲了一声磬，只见七个头拖了小辫子在眼前幌，幌得满房，黑圈子也夹着跳舞。他坐下了，他们送上晚课来，脸上都显出小觑他的神色。

"回去罢。"他迟疑了片时，这才悲惨的说。

他们胡乱的包了书包，挟着，一溜烟跑走了。

陈士成还看见许多小头夹着黑圆圈在眼前跳舞，有时杂乱，有时也排成异样的阵图，然而渐渐的减少了，模胡了。

"这回又完了！"

他大吃一惊，直跳起来，分明就在耳朵边的话，回过头去却并没有什么人，仿佛又听得嗡的敲了一声磬，自己的嘴也说道：

"这回又完了！"

他忽而举起一只手来，屈指计数着想，十一，十三回，连今年是十六回，竟没有一个考官懂得文章，有眼无珠，也是可怜的事，便不由嘻嘻的失了笑。然而他愤然了，蓦地从书包布底下抽出誊真的制艺和试帖[1]来，拿着往外走，刚近房门，却看见满眼都明亮，连一群鸡也正在笑他，便禁不住心头突突的狂跳，只好缩回里面了。

他又就了坐，眼光格外的闪烁；他目睹着许多东西，然而很模胡，——是倒塌了的糖塔一般的前程躺在他面前，这前程又只是广大起来，阻住了他的一切路。

别家的炊烟早消歇了，碗筷也洗过了，而陈士成还不去做饭。寓在这里的杂姓是知道老例的，凡遇到县考的年头，看见发榜后的这样的眼光，不如及早关了门，不要多管事。最先就绝了人声，接着是陆续的熄了灯火，独有月亮，却缓缓的出现在寒夜的空中。

空中青碧到如一片海，略有些浮云，仿佛有谁将粉笔洗在笔洗里似的摇

---

[1] 制艺和试帖：科举考试规定的公式化的诗文。

曳。月亮对着陈士成注下寒冷的光波来，当初也不过像是一面新磨的铁镜罢了，而这镜却诡秘的照透了陈士成的全身，就在他身上映出铁的月亮的影。

他还在房外的院子里徘徊，眼里颇清静了，四近也寂静。但这寂静忽又无端的纷扰起来，他耳边又确凿听到急促的低声说：

"左弯右弯……"

他耸然了，倾耳听时，那声音却又提高的复述道：

"右弯！"

他记得了。这院子，是他家还未如此雕零的时候，一到夏天的夜间，夜夜和他的祖母在此纳凉的院子。那时他不过十岁有零的孩子，躺在竹榻上，祖母便坐在榻旁边，讲给他有趣的故事听。伊说是曾经听得伊的祖母说，陈氏的祖宗是巨富的，这屋子便是祖基，祖宗埋着无数的银子，有福气的子孙一定会得到的罢，然而至今还没有现。至于处所，那是藏在一个谜语的中间：

"左弯右弯，前走后走，量金量银不论斗。"

对于这谜语，陈士成便在平时，本也常常暗地里加以揣测的，可惜大抵刚以为可以通，却又立刻觉得不合了。有一回，他确有把握，知道这是在租给唐家的房底下的了，然而总没有前去发掘的勇气；过了几时，可又觉得太不相像了。至于他自己房子里的几个掘过的旧痕迹，那却全是先前几回下第以后的发了怔忡的举动，后来自己一看到，也还感到惭愧而且羞人。

但今天铁的光罩住了陈士成，又软软的来劝他了，他或者偶一迟疑，便给他正经的证明，又加上阴森的摧逼，使他不得不又向自己的房里转过眼光去。

白光如一柄白团扇，摇摇摆摆的闪起在他房里了。

"也终于在这里！"

他说着，狮子似的赶快走进那房里去，但跨进里面的时候，便不见了白光的影踪，只有莽苍苍的一间旧房，和几个破书桌都没在昏暗里。他爽然的站着，慢慢的再定睛，然而白光却分明的又起来了，这回更广大，比硫黄火更白净，比朝雾更霏微，而且便在靠东墙的一张书桌下。

陈士成狮子似的奔到门后边，伸手去摸锄头，撞着一条黑影。他不知怎的有些怕了，张惶的点了灯，看锄头无非倚着。他移开桌子，用锄头一气掘起四块大方砖，蹲身一看，照例是黄澄澄的细沙，揎了袖爬开细沙，便露出下面的黑土来。他极小心的，幽静的，一锄一锄往下掘，然而深夜究竟太寂静了，尖铁触土的声音，总是钝重的不肯瞒人的发响。

土坑深到二尺多了，并不见有瓮口，陈士成正心焦，一声脆响，颇震得手腕痛，锄尖碰到什么坚硬的东西了；他急忙抛下锄头，摸索着看时，一块大方砖在下面。他的心抖得很厉害，聚精会神的挖起那方砖来，下面也满是先前一样的黑土，爬松了许多土，下面似乎还无穷。但忽而又触着坚硬的小东西了，圆的，大约是一个锈铜钱；此外也还有几片破碎的磁片。

陈士成心里仿佛觉得空虚了，浑身流汗，急躁的只爬搔；这其间，心在空中一抖动，又触着一种古怪的小东西了，这似乎约略有些马掌形的，但触手很松脆。他又聚精会神的挖起那东西来，谨慎的撮着，就灯光下仔细看时，那东西斑斑剥剥的像是烂骨头，上面还带着一排零落不全的牙齿。他已经悟到这许是下巴骨了，而那下巴骨也便在他手里索索的动弹起来，而且笑吟吟的显出笑影，终于听得他开口道：

"这回又完了！"

他栗然的发了大冷，同时也放了手，下巴骨轻飘飘的回到坑底里不多久，他也就逃到院子里了。他偷看房里面，灯火如此辉煌，下巴骨如此嘲笑，异乎寻常的怕人，便再不敢向那边看。他躲在远处的檐下的阴影里，觉得较为安全了；但在这平安中，忽而耳朵边又听得窃窃的低声说：

"这里没有……到山里去……"

陈士成似乎记得白天在街上也曾听得有人说这种话，他不待再听完，已经恍然大悟了。他突然仰面向天，月亮已向西高峰这方面隐去，远想离城三十五里的西高峰正在眼前，朝笏[1]一般黑魆魆的挺立着，周围便放出浩大闪烁的白光来。

---

[1] 朝笏：古代臣子朝见皇帝时所执狭长而稍弯的手板，按品级不同，分别用玉、象牙或竹制成，将要奏的事书记其上，以免遗忘。

而且这白光又远远的就在前面了。

"是的，到山里去！"

他决定的想，惨然的奔出去了。几回的开门之后，门里面便再不闻一些声息。灯火结了大灯花照着空屋和坑洞，毕毕剥剥的炸了几声之后，便渐渐的缩小以至于无有，那是残油已经烧尽了。

"开城门来……"

含着大希望的恐怖的悲声，游丝似的在西关门前的黎明中，战战兢兢的叫喊。

第二天的日中，有人在离西门十五里的万流湖里看见一个浮尸，当即传扬开去，终于传到地保的耳朵里了，便叫乡下人捞将上来。那是一个男尸，五十多岁，"身中面白无须"，浑身也没有什么衣裤。或者说这就是陈士成。但邻居懒得去看，也并无尸亲认领，于是经县委员相验之后，便由地保抬埋了。至于死因，那当然是没有问题的，剥取死尸的衣服本来是常有的事，够不上疑心到谋害去；而且仵作也证明是生前的落水，因为他确凿曾在水底里挣命，所以十个指甲里都满嵌着河底泥。

一九二二年六月

[白光 导读]

情节回顾

1. 你能否试着用一句话来概括一下本文的内容？
2. 有人评价过《白光》是一篇很有特色的心理小说，你能说出陈士成的心理变化的过程和引发的缘由吗？

内容理解

1. 结合文章，说说主人公陈士成的人物形象。
2. 文中两次比喻用了"糖塔"一物，"他平日安排停当的前程，这时候又像受潮的糖塔一般，刹时倒塌，只剩下一堆碎片了。""他又就了坐，眼光格外的闪烁；他目睹着许多东西，然而很模胡，——是倒塌了的糖塔一般的前程躺在他面前，这前程又只是广大起来，阻住了他的一切路。"为什么用这样一个物品作比呢？可以换一个更好的比喻物吗？你有什么想法？
3. 小说以"白光"为题，有什么好处？请简要分析。
4. 在《白光》中作者营造了一个阴冷、诡秘的气氛，并在阴森森、凄惨惨的氛围中展开情节，描述主人公的悲惨命运。你能否说说看作者从哪几个方面来营造了该文的艺术氛围？

沉思拓展

1. 有人说，陈士成与鲁迅笔下的孔乙己是同一类人，但又有不同。请结合全文和自己的知识积累进行探究。

2. 《儒林外史》中的范进中举后发疯，孔乙己是落第后沦为乞丐，陈士成坚持科考十六次，皆不中的情况下发疯自杀。科举制从隋朝开始，一直到清朝末年被废，一直存在了一千三百多年，它为什么会有这么强的生命力？为什么会让无数文人热衷于此几十年？封建社会的中国读书人到底是为了什么？

编者按：

文章读完有几处让人细思极恐。

1.陈士成看榜时找圆图中自己的名字，圆图是科举时代县考初试公布的名榜，将每五十名考取者的姓名写成一个圆图。这让人不由联想到文盲的阿Q，他在死前自己画押名字就是一个圆，无论是上榜取士还是砍头画押，人的名字都是一个归零的圆图。

2.陈士成在书房里挖宝却挖出了一具尸骨，这是谁的骨骸？陈士成到底是先疯了所以幻境臆想出来了骷髅，还是真的老房中有一具陈年老案的尸骸把陈士成吓疯了的？

3.陈士成死尸浮现时"浑身也没有什么衣裤"。被仵作认定是生前落水，溺水而亡。原因是"他确凿曾在水底里挣命，所以十个指甲里都满嵌着河底泥"。但是作为读者的我们却知道他指甲里的泥很可能是在书房里挖宝藏时就嵌满的土，所以他也很有可能是神志恍惚进山追白光时被人打了闷棍，扒掉他的衣服后把他扔到万流湖中去的,如果是这样,他就不是失足溺死而是被害了。要知道"剥取死尸的衣服本来是常有的事",这恰恰说明了因为生计艰难人们已经不顾礼仪和忌讳,死人衣服都扒抢,活着的疯子身上衣服更是会觊觎了。而且"够不上疑心到谋害去",都不会被立案追责。

4.陈士成他死在万流湖,"万流"除了千百条江流的含义外原本也有万民之意,所以是否也寓意了陈士成的结局不仅是他个人的,也是万民的?

兔和猫

  住在我们后进院子里的三太太,在夏间买了一对白兔,是给伊的孩子们看的。

  这一对白兔,似乎离娘并不久,虽然是异类,也可以看出他们的天真烂熳来。但也竖直了小小的通红的长耳朵,动着鼻子,眼睛里颇现些惊疑的神色,大约究竟觉得人地生疏,没有在老家时候的安心了。这种东西,倘到庙会日期自己出去买,每个至多不过两吊钱,而三太太却花了一元,因为是叫小使上店买来的。

  孩子们自然大得意了,嚷着围住了看;大人也都围着看;还有一匹小狗名叫S的也跑来,闯过去一嗅,打了一个喷嚏,退了几步。三太太吆喝道,"S,听着,不准你咬他!"于是在他头上打了一掌,S便退开了,从此并不咬。

  这一对兔总是关在后窗后面的小院子里的时候多,听说是因为太喜欢撕壁纸,也常常啃木器脚。这小院子里有一株野桑树,桑子落地,他们最爱吃,便连喂他们的菠菜也不吃了。乌鸦喜鹊想要下来时,他们便躬着身子用后脚在地上使劲的一弹,砉的一声直跳上来,像飞起了一团雪,鸦鹊吓得赶紧走,这样的几回,再也不敢近来了。三太太说,鸦鹊倒不打紧,至多也不过抢吃一点食料,可恶的是一匹大黑猫,常在矮墙上恶狠狠的看,这却要防的,幸而S和猫是对头,或者还不至于有什么罢。

  孩子们时时捉他们来玩耍;他们很和气,竖起耳朵,动着鼻子,驯良的站在小手的圈子里，但一有空，却也就溜开去了。他们夜里的卧榻是一个小木箱，里面铺些稻草，就在后窗的房檐下。

这样的几个月之后，他们忽而自己掘土了，掘得非常快，前脚一抓，后脚一踢，不到半天，已经掘成一个深洞。大家都奇怪，后来仔细看时，原来一个的肚子比别一个的大得多了。他们第二天便将干草和树叶衔进洞里去，忙了大半天。

大家都高兴，说又有小兔可看了；三太太便对孩子们下了戒严令，从此不许再去捉。我的母亲也很喜欢他们家族的繁荣，还说待生下来的离了乳，也要去讨两匹来养在自己的窗外面。

他们从此便住在自造的洞府里，有时也出来吃些食，后来不见了，可不知道他们是预先运粮存在里面呢还是竟不吃。过了十多天，三太太对我说，那两匹又出来了，大约小兔是生下来又都死掉了，因为雌的一匹的奶非常多，却并不见有进去哺养孩子的形迹。伊言语之间颇气愤，然而也没有法。

有一天，太阳很温暖，也没有风，树叶都不动，我忽听得许多人在那里笑，寻声看时，却见许多人都靠着三太太的后窗看：原来有一个小兔，在院子里跳跃了。这比他的父母买来的时候还小得远，但也已经能用后脚一弹地，迸跳起来了。孩子们争着告诉我说，还看见一个小兔到洞口来探一探头，但是即刻缩回去了，那该是他的弟弟罢。

那小的也捡些草叶吃，然而大的似乎不许他，往往夹口的抢去了，而自己并不吃。孩子们笑得响，那小的终于吃惊了，便跳着钻进洞里去；大的也跟到洞门口，用前脚推着他的孩子的脊梁，推进之后，又爬开泥土来封了洞。

从此小院子里更热闹，窗口也时时有人窥探了。

然而竟又全不见了那小的和大的。这时是连日的阴天，三太太又虑到遭了那大黑猫的毒手的事去。我说不然，那是天气冷，当然都躲着，太阳一出，一定出来的。

太阳出来了，他们却都不见。于是大家就忘却了。

惟有三太太是常在那里喂他们菠菜的，所以常想到。伊有一回走进窗后的小院子去，忽然在墙角上发见了一个别的洞，再看旧洞口，却依稀的还见有许多爪痕。这爪痕倘说是大兔的，爪该不会有这样大，伊又疑心到那常在墙上的大黑猫去了，伊于是也就不能不定下发掘的决心了。伊终于出来取了锄子，一路掘下去，虽然疑心，却也希望着意外的见了小白兔的，但是待到底，却只见一堆烂草夹些兔毛，怕还是临蓐时候所铺的罢，此外是冷清清的，全没有什么雪白的小兔的踪迹，以及他那只一探头未出洞外的弟弟了。

气愤和失望和凄凉，使伊不能不再掘那墙角上的新洞了。一动手，那大的两匹便先窜出洞外面。伊以为他们搬了家了，很高兴，然而仍然掘，待见底，那里面也铺着草叶和兔毛，而上面却睡着七个很小的兔，遍身肉红色，细看时，眼睛全都没有开。

一切都明白了，三太太先前的预料果不错。伊为预防危险起见，便将七个小的都装在木箱中，搬进自己的房里，又将大的也捺进箱里面，勒令伊去哺乳。

三太太从此不但深恨黑猫，而且颇不以大兔为然了。据说当初那两个被害之先，死掉的该还有，因为他们生一回，决不至于只两个，但为了哺乳不匀，不能争食的就先死了。这大概也不错的，现在七个之中，就有两个很瘦弱。所以三太太一有闲空，便捉住母兔，将小兔一个一个轮流的摆在肚子上来喝奶，不准有多少。

母亲对我说，那样麻烦的养兔法，伊历来连听也未曾听到过，恐怕是可以收入《无双谱》的。

白兔的家族更繁荣；大家也又都高兴了。

但自此之后，我总觉得凄凉。夜半在灯下坐着想，那两条小性命，竟是人不知鬼不觉的早在不知什么时候丧失了，生物史上不着一些痕迹，并 S 也不叫一声。我于是记起旧事来，先前我住在会馆里，清早起身，只见大槐树下一片散乱的鸽子毛，这明明是膏于鹰吻的了，上午长班来一打扫，便什么都不见，谁知道曾有一个生命断送在这里呢？我又曾路过西四牌楼，看见一匹小狗被马车轧得快死，待回来时，什么也不见了，搬掉了罢，过往行人憧憧的走着,谁知道曾有一个生命断送在这里呢?夏夜,窗外面,常听到苍蝇的悠长的吱吱的叫声,这一定是给蝇虎咬住了,然而我向来无所容心于其间,而别人并且不听到……

假使造物也可以责备,那么,我以为他实在将生命造得太滥,毁得太滥了。

嗥的一声,又是两条猫在窗外打起架来。

"迅儿!你又在那里打猫了?"

"不,他们自己咬。他那里会给我打呢。"

我的母亲是素来很不以我的虐待猫为然的,现在大约疑心我要替小兔抱不平,下什么辣手,便起来探问了。而我在全家的口碑上,却的确算一个猫敌。我曾经害过猫,平时也常打猫,尤其是在他们配合的时候。但我之所以打的原因并非因为他们配合,是因为他们嚷,嚷到使我睡不着,我以为配合是不必这样大嚷而特嚷的。

况且黑猫害了小兔,我更是"师出有名"的了。我觉得母亲实在太修善,于是不由的就说出模棱的近乎不以为然的答话来。

造物太胡闹,我不能不反抗他了,虽然也许是倒是帮他的忙……

那黑猫是不能久在矮墙上高视阔步的了,我决定的想,于是又不由的一瞥那藏在书箱里的一瓶青酸钾。

一九二二年十月

[兔和猫 导读]

情节回顾

1. 文中出现的家养和野生的动物都有哪些？你能大概指出它们分别的象征意义吗？
2. 三太太在文中有三次施以"勒令"的行为，你能回顾并复述吗？由此可以发现三太太是个怎样的人呢？
3. 在你看来第一窝小兔子的消失应该是谁的过失呢，请尽量用文中语句来佐证自己的观点。

作品理解

1. 对于"猫吃兔"事件，"我"的斗争态度和三太太、母亲的有什么不同？
2. 小白兔与大黑猫，作者的对比性动物角色设定就很有区分度和象征色彩，你能根据文中的细节试着分析出这两者背后的含义吗？
3. 三太太用"麻烦养兔法"后，"白兔的家族更繁荣；大家也又都高兴了"。一切又恢复之前的和谐，日常生活照常进行。"但自此之后，我却总觉得凄凉"。"我"为何感到"凄凉"？

沉淀思考

1. 文章结尾："我决定的想，于是又不由的一瞥那藏在书箱里的一瓶青酸钾。"对此你怎么理解？是因为要去给小兔报仇，还是消灭了隐患好为了让将来的大兔子们有安全的生活和产子环境，

125

又或者是为赌气母亲误解我打猫的行动所以报复性的整猫？

2. 有人认为这篇小说是通过动物间的弱肉强食的冲突，阐述的却是人类社会善良隐忍不懂得反抗未必能善终的道理。对此你怎么看？

鸭的喜剧

俄国的盲诗人爱罗先珂君带了他那六弦琴到北京之后不多久,便向我诉苦说:

"寂寞呀,寂寞呀,在沙漠上似的寂寞呀!"

这应该是真实的,但在我却未曾感得;我住得久了,"入芝兰之室,久而不闻其香",只以为很是嚷嚷罢了。然而我之所谓嚷嚷,或者也就是他之所谓寂寞罢。

我可是觉得在北京仿佛没有春和秋。老于北京的人说,地气北转了,这里在先是没有这么和暖。只是我总以为没有春和秋;冬末和夏初衔接起来,夏才去,冬又开始了。

一日就是这冬末夏初的时候,而且是夜间,我偶而得了闲暇,去访问爱罗先珂君。他一向寓在仲密君的家里;这时一家的人都睡了觉了,天下很安静。他独自靠在自己的卧榻上,很高的眉棱在金黄色的长发之间微蹙了,是在想他旧游之地的缅甸,缅甸的夏夜。

"这样的夜间,"他说,"在缅甸是遍地是音乐。房里,草间,树上,都有昆虫吟叫,各种声音,成为合奏,很神奇。其间时时夹着蛇鸣:'嘶嘶!'可是也与虫声相和协……"他沉思了,似乎想要追想起那时的情景来。

我开不得口。这样奇妙的音乐,我在北京确乎未曾听到过,所以即使如何爱国,也辩护不得,因为他虽然目无所见,耳朵是没有聋的。

"北京却连蛙鸣也没有……"他又叹息说。

"蛙鸣是有的！"这叹息，却使我勇猛起来了，于是抗议说，"到夏天，大雨之后，你便能听到许多虾蟆叫，那是都在沟里面的，因为北京到处都有沟。"

"哦……"

过了几天，我的话居然证实了，因为爱罗先珂君已经买到了十几个科斗子。他买来便放在他窗外的院子中央的小池里。那池的长有三尺，宽有二尺，是仲密所掘，以种荷花的荷池。从这荷池里，虽然从来没有见过养出半朵荷花来，然而养虾蟆却实在是一个极合式的处所。

科斗成群结队的在水里面游泳；爱罗先珂君也常常踱来访他们。有时候，孩子告诉他说，"爱罗先珂先生，他们生了脚了。"他便高兴的微笑道，"哦！"

然而养成池沼的音乐家却只是爱罗先珂君的一件事。他是向来主张自食其力的，常说女人可以畜牧，男人就应该种田。所以遇到很熟的友人，他便要劝诱他就在院子里种白菜；也屡次对仲密夫人劝告，劝伊养蜂，养鸡，养猪，养牛，养骆驼。后来仲密家里果然有了许多小鸡，满院飞跑，啄完了铺地锦的嫩叶，大约也许就是这劝告的结果了。

从此卖小鸡的乡下人也时常来，来一回便买几只，因为小鸡是容易积食，发痧，很难得长寿的；而且有一匹还成了爱罗先珂君在北京所作唯一的小说《小鸡的悲剧》里的主人公。有一天的上午，那乡下人竟意外的带了小鸭来了，咻咻的叫着；但是仲密夫人说不要。爱罗先珂君也跑出来，他们就放一个在他两手里，而小鸭便在他两手里咻咻的叫。他以为这也很可爱，于是又不能不买了。一共买了四个，每个八十文。

小鸭也诚然是可爱，遍身松花黄，放在地上，便蹒跚的走，互相招呼，总是在一处。大家都说好，明天去买泥鳅来喂他们罢。爱罗先珂君说，"这钱也可以归我出的。"

他于是教书去了；大家也走散。不一会，仲密夫人拿冷饭来喂他们时，在远处已听得泼水的声音，跑到一看，原来那四个小鸭都在荷池里洗澡了，而且还翻筋斗，吃东西呢。等到拦他们上了岸，全池已经是浑水，过了半天，澄清了，只见泥里露出几条细藕来；而且再也寻不出一个已经生了脚的科斗了。

"伊和希珂先，没有了，虾蟆的儿子。"傍晚时候，孩子们一见他回来，最小的一个便赶紧说。

"唔，虾蟆？"

仲密夫人也出来了，报告了小鸭吃完科斗的故事。

"唉，唉！……"他说。

待到小鸭褪了黄毛，爱罗先珂君却忽而渴念着他的"俄罗斯母亲"了，便匆匆的向赤塔去。

待到四处蛙鸣的时候，小鸭也已经长成，两个白的，两个花的，而且不复咻咻的叫，都是"鸭鸭"的叫了。荷花池也早已容不下他们盘桓了，幸而仲密的住家的地势是很低的，夏雨一降，院子里满积了水，他们便欣欣然，游水，钻水，拍翅子，"鸭鸭"的叫。

现在又从夏末交了冬初，而爱罗先珂君还是绝无消息，不知道究竟在那里了。

只有四个鸭，却还在沙漠上"鸭鸭"的叫。

一九二二年十月

[鸭的喜剧 导读]

情节回顾

1. 本文题目叫作《鸭的喜剧》，这个命名如何而来？
2. 爱罗先珂君认为北京的寓所寂寞如沙漠，他想了什么办法来改变这种状态和心情呢？

作品理解

1. 你认为文中出现的仲密夫人有什么作用？
2. 文中说："他是向来主张自食其力的，常说女人可以畜牧，男人就应该种田。所以遇到很熟的友人，他便要劝诱他就在院子里种白菜；也屡次对仲密夫人劝告，劝伊养蜂，养鸡，养猪，养牛，养骆驼。"作者为何要写爱罗先珂劝别人种植和畜牧呢？
3. 爱罗先珂到北京后，一直哀叹北京如沙漠般的寂寞，所以先后买了蝌蚪和小鸭以期造就热闹的生活气息打破人生的沉寂，但最后他寄予希望的两种生命却不能共存。蝌蚪被小鸭吃掉的结局，你认为这和主人公爱罗先珂最后悄无声息的离去有什么联系吗？
4. 这篇小说多处运用了反衬手法。你能举个例子并且说说这样处理的好处吗？
5. 鲁迅小说的意蕴深厚，解读多面往往来源于他创作时多用的象征手法，本文中的哪些地方具有象征意义呢？你能否找到并且标注？

沉淀思考

1. 此文为什么定义题目为"喜剧"？故事是具有戏剧性的，却难道不是应该定义为悲剧吗？

2. 在《呐喊》一书中，以《狂人日记》为代表的一系列作品都偏沉痛和激越，但是《兔和猫》《鸭的喜剧》，这两篇以动物为题材的小说，却充满脉脉温情，在艺术上也具有明显的散文化倾向。也更偏向于《朝花夕拾》和《野草》的创作风格。《兔和猫》《鸭的喜剧》同时都对爱的态度和方式进行了思考，它们以动物为焦点，透过不同人对动物的态度，也展现了鲁迅对于"如何去爱"这一问题的探索。从中我们可以看到"如何去爱"的至少三种不同类型的做法。总的来看，三太太代表着"偏爱，溺爱"，母亲和爱罗先珂代表着"泛爱，博爱"，我代表着"矛盾之爱"。对此请你试着进行比较和分析，并且体悟作者对此的情感和认知。

社 戏

我在倒数上去的二十年中,只看过两回中国戏,前十年是绝不看,因为没有看戏的意思和机会,那两回全在后十年,然而都没有看出什么来就走了。

第一回是民国元年我初到北京的时候,当时一个朋友对我说,北京戏最好,你不去见见世面么?我想,看戏是有味的,而况在北京呢。于是都兴致勃勃地跑到什么园,戏文已经开场了,在外面也早听到冬冬地响。我们挨进门,几个红的绿的在我的眼前一闪烁,便又看见戏台下满是许多头,再定神四面看,却见中间也还有几个空座,挤过去要坐时,又有人对我发议论,我因为耳朵已经喤喤的响着了,用了心,才听到他是说:"有人,不行!"

我们退到后面,一个辫子很光的却来领我们到了侧面,指出一个地位来。这所谓地位者,原来是一条长凳,然而他那坐板比我的上腿要狭到四分之三,他的脚比我的下腿要长过三分之二。我先是没有爬上去的勇气,接着便联想到私刑拷打的刑具,不由的毛骨悚然的走出了。

走了许多路,忽听得我的朋友的声音道,"究竟怎的?"我回过脸去,原来他也被我带出来了。他很诧异的说,"怎么总是走,不答应?"我说,"朋友,对不起,我耳朵只在冬冬喤喤地响,并没有听到你的话。"

后来我每一想到,便很以为奇怪,似乎这戏太不好,——否则便是我近来在戏台下不适于生存了。

第二回忘记了哪一年,总之是募集湖北水灾捐而谭叫天还没有死。捐法是两元钱买一张戏票，可以到第一舞台去看戏，扮演的多是名角，其一就是小叫天。我买了一张票，本是对于劝募人聊以塞责的，然而似乎又有好事家乘机对我说了些叫天不可不看的大法要了。我于是忘了前几年的冬冬喤喤之灾，竟到第一舞台去了，但大约一半也因为重价购来的宝票，总得使用了才舒服。我打听得叫天出台是迟的，而第一舞台却是新式构造，用不着争座位，便放了心，延宕到九点钟才出去，谁料照例，人都满了，连立足也难，我只得挤在远处的人丛中看一个老旦在台上唱。那老旦嘴边插着两个点火的纸捻子，旁边有一个鬼卒，我费尽思量，才疑心他或者是目连[1]的母亲，因为后来又出来了一个和尚。然而我又不知道那名角是谁，就去问挤小在我的左边的一位胖绅士。他很看不起似的斜瞥了我一眼，说道，"龚云甫！"我深愧浅陋而且粗疏，脸上一热，同时脑里也制出了决不再问的定章，于是看小旦唱，看花旦唱，看老生唱，看不知什么角色唱，看一大班人乱打，看两三个人互打，从九点多到十点，从十点到十一点，从十一点到十一点半，从十一点半到十二点，——然而叫天竟还没有来。

我向来没有这样忍耐的等候过什么事物，而况这身边的胖绅士的呼呼的喘气，这台上的冬冬喤喤的敲打，红红绿绿的晃荡，加之以十二点，忽而使我省悟到在这里不适于生存了。我同时便机械的拧转身子，用力往外只一挤，觉得背后便已满满的，大约那弹性的胖绅士早在我的空处胖开了他的右半身了。我后无回路，自然挤而又挤，终于出了大门。街上除了专等看客的车辆之外，几乎没有什么行人了，大门口却还有十几个人昂着头看戏目，别有一堆人站着并不看什么，我想：他们大概是看散戏之后出来的女人们的，而叫天却还没有来……

然而夜气很清爽，真所谓"沁人心脾"，我在北京遇着这样的好空气，仿佛这是第一遭了。

这一夜，就是我对于中国戏告了别的一夜，此后再没有想到它，即使偶

---

[1] 目连：释迦牟尼的弟子。相传曾入地狱救母。

尔经过戏园，我们也漠不相关，精神上早已一在天之南一在地之北了。

但是前几天，我忽在无意之中看到一本日本文的书，可惜忘记了书名和著者，总之是关于中国戏的。其中有一篇，大意仿佛说，中国戏是大敲，大叫，大跳，使看客头昏脑眩，很不适于剧场，但若在野外散漫的所在，远远地看起来，也自有他的风致。我当时觉着这正是说了在我意中而未曾想到的话，因为我确记得在野外看过很好的好戏，到北京以后的连进两回戏园去，也许还是受了那时的影响哩。可惜我不知道怎么一来，竟将书名忘却了。

至于我看那好戏的时候，却实在已经是"远哉遥遥"的了，其时恐怕我还不过十一二岁。我们鲁镇的习惯，本来是凡有出嫁的女儿，倘自己还未当家，夏间便大抵回到母家去消夏。那时我的祖母虽然还康健，但母亲也已分担了些家务，所以夏期便不能多日的归省了，只得在扫墓完毕之后，抽空去住几天，这时我便每年跟了我的母亲住在外祖母的家里。那地方叫平桥村，是一个离海边不远，极偏僻的，临河的小村庄；住户不满三十家，都种田，打鱼，只有一家很小的杂货店。但在我是乐土：因为我在这里不但得到优待，又可以免念"秩秩斯干幽幽南山"了。

和我一同玩的是许多小朋友，因为有了远客，他们也都从父母那里得了减少工作的许可，伴我来游戏。在小村里，一家的客，几乎也就是公共的。我们年纪都相仿，但论起行辈来，却至少是叔子，有几个还是太公，因为他们合村都同姓，是本家。然而我们是朋友，即使偶而吵闹起来，打了太公，一村的老老小小，也决没有一个会想出"犯上"这两个字来，而他们也百分之九十九不识字。

我们每天的事情大概是掘蚯蚓，掘来穿在铜丝做的小钩上，伏在河沿上去钓虾。虾是水世界里的呆子，决不惮用了自己的两个钳捧着钩尖送到嘴里去，所以不半天便可以钓到一大碗。这虾照例是归我吃的。其次便是一同去放牛，但或者因为高等动物了的缘故罢，黄牛、水牛都欺生，敢于欺侮我，因此我也总不敢走近身，只好远远地跟着，站着。这时候，小朋友们便不再原谅我会读"秩秩斯干"，却全都嘲笑起来了。

至于我在那里所第一盼望的，却在到赵庄去看戏。赵庄是离平桥村五里的较大的村庄；平桥村太小，自己演不起戏，每年总付给赵庄多少钱，算作合做的。当时我并不想到他们为什么年年要演戏。现在想，那或者是春赛，是社戏了。

就在我十一二岁时候的这一年，这日期也看看等到了。不料这一年真可惜，在早上就叫不到船。平桥村只有一只早出晚归的航船是大船，决没有留用的道理。其余的都是小船，不合用；央人到邻村去问，也没有，早都给别人定下了。外祖母很气恼，怪家里的人不早定，絮叨起来。母亲便宽慰伊，说我们鲁镇的戏比小村里的好得多，一年看几回，今天就算了。只有我急得要哭，母亲却竭力的嘱咐我，说万不能装模装样，怕又招外祖母生气，又不准和别人一同去，说是怕外祖母要担心。

总之，是完了。到下午，我的朋友都去了，戏已经开场了，我似乎听到锣鼓的声音，而且知道他们在戏台下买豆浆喝。

这一天我不钓虾，东西也少吃。母亲很为难，没有法子想。到晚饭时候，外祖母也终于觉察了，并且说我应当不高兴，他们太怠慢，是待客的礼数里从来所没有的。吃饭之后，看过戏的少年们也都聚拢来了，高高兴兴的来讲戏。只有我不开口；他们都叹息而且表同情。忽然间，一个最聪明的双喜大悟似的提议了，他说，"大船？八叔的航船不是回来了么？"十几个别的少年也大悟，立刻撺掇起来，说可以坐了这航船和我一同去。我高兴了。然而外祖母又怕都是孩子们，不可靠；母亲又说是若叫大人一同去，他们白天全有工作，要他熬夜，是不合情理的。在这迟疑之中，双喜可又看出底细来了，便又大声的说道，"我写包票！船又大；迅哥儿向来不乱跑；我们又都是识水性的！"

诚然！这十多个少年，委实没有一个不会凫水的，而且两三个还是弄潮的好手。

外祖母和母亲也相信，便不再驳回，都微笑了。我们立刻一哄的出了门。

我的很重的心忽而轻松了，身体也似乎舒展到说不出的大。一出门，便望见月下的平桥内泊着一支白篷的航船，大家跳下船，双喜拔前篙，阿发拔后篙，年幼的都陪我坐在舱中，较大的聚在船尾。母亲送出来吩咐"要小心"的时候，我们已经点开船，在桥石上一磕，退后几尺，即又上前出了桥。于是架起两支橹，一支两人，一里一换，有说笑的，有嚷的，夹着潺潺的船头激水的声音，在左右都是碧绿的豆麦田地的河流中，飞一般径向赵庄前进了。

两岸的豆麦和河底的水草所发散出来的清香，夹杂在水气中扑面的吹来；月色便朦胧在这水气里。淡黑的起伏的连山，仿佛是踊跃的铁的兽脊似的，都远远地向船尾跑去了，但我却还以为船慢。他们换了四回手，渐望见依稀的赵庄，而且似乎听到歌吹了，还有几点火，料想便是戏台，但或者也许是渔火。

那声音大概是横笛，宛转，悠扬，使我的心也沉静，然而又自失起来，觉得要和他弥散在含着豆麦蕴藻之香的夜气里。

那火接近了，果然是渔火；我才记得先前望见的也不是赵庄。那是正对船头的一丛松柏林，我去年也曾经去游玩过，还看见破的石马倒在地下，一个石羊蹲在草里呢。过了那林，船便弯进了叉港，于是赵庄便真在眼前了。

最惹眼的是屹立在庄外临河的空地上的一座戏台，模糊在远处的月夜中，和空间几乎分不出界限，我疑心画上见过的仙境，就在这里出现了。这时船走得更快，不多时，在台上显出人物来，红红绿绿的动，近台的河里一望乌黑的是看戏的人家的船篷。

"近台没有什么空了，我们远远的看罢。"阿发说。

这时船慢了，不久就到，果然近不得台旁，大家只能下了篙，比那正对戏台的神棚还要远。其实我们这白篷的航船，本也不愿意和乌篷的船在一处，而况并没有空地呢……

在停船的匆忙中，看见台上有一个黑的长胡子的背上插着四张旗，捏着长枪，和一群赤膊的人正打仗。双喜说，那就是有名的铁头老生，能连翻八十四个筋斗，他日里亲自数过的。

我们便都挤在船头上看打仗，但那铁头老生却又并不翻筋斗，只有几个赤膊的人翻，翻了一阵，都进去了，接着走出一个小旦来，咿咿呀呀的唱，双喜说，"晚上看客少，铁头老生也懈了，谁肯显本领给白地看呢？"我相信这话对，因为其时台下已经不很有人，乡下人为了明天的工作，熬不得夜，早都睡觉去了，疏疏朗朗的站着的不过是几十个本村和邻村的闲汉。乌篷船里的那些土财主的家眷固然在，然而他们也不在乎看戏，多半是专到戏台下来吃糕饼水果和瓜子的。所以简直可以算白地。

然而我的意思却也并不在乎看翻筋斗。我最愿意看的是一个人蒙了白布，两手在头上捧着一支棒似的蛇头的蛇精，其次是套了黄布衣跳老虎。但是等了许多时都不见，小旦虽然进去了，立刻又出来了一个很老的小生。我有些疲倦了，托桂生买豆浆去。他去了一刻，回来说，"没有。卖豆浆的聋子也回去了。日里倒有，我还喝了两碗呢。现在去舀一瓢水来给你喝罢。"

我不喝水，支撑着仍然看，也说不出见了些什么，只觉得戏子的脸都渐渐的有些稀奇了，那五官渐不明显，似乎融成一片的再没有什么高低。年纪小的几个多打呵欠了，大的也各管自己谈话。忽而一个红衫的小丑被绑在台柱子上，给一个花白胡子的用马鞭打起来了，大家才又振作精神的笑着看。在这一夜里，我以为这实在要算是最好的一折。

然而老旦终于出台了。老旦本来是我所最怕的东西，尤其是怕他坐下了唱。这时候，看见大家也都很扫兴，才知道他们的意见是和我一致的。那老旦当初还只是踱来踱去的唱，后来竟在中间的一把交椅上坐下了。我很担心；双喜他们却就破口喃喃的骂。我忍耐的等着，许多工夫，只见那老旦将手一抬，我以为就要站起来了，不料他却又慢慢的放下在原地方，仍旧唱。全船里几个人不住的吁气，其余的也打起呵欠来。双喜终于熬不住了，说道，怕他会唱到天明还不完，还是我们走的好罢。大家立刻都赞成，和开船时候一样踊跃，三四人径奔船尾，拔了篙，点退几丈，回转船头，驾起橹，骂着老旦，又向那松柏林前进了。

月还没有落，仿佛看戏也并不很久似的，而一离赵庄，月光又显得格外的皎洁。回望戏台在灯火光中，却又如初来未到时候一般，又漂渺得像一座仙山楼阁，满被红霞罩着了。吹到耳边来的又是横笛，很悠扬；我疑心老旦已经进去了，但也不好意思说再回去看。

不多久，松柏林早在船后了，船行也并不慢，但周围的黑暗只是浓，可知已经到了深夜。他们一面议论着戏子，或骂，或笑，一面加紧的摇船。这一次船头的激水声更其响亮了，那航船，就像一条大白鱼背着一群孩子在浪花里蹿，连夜渔的几个老渔父，也停了艇子看着喝采起来。

离平桥村还有一里模样，船行却慢了，摇船的都说很疲乏，因为太用力，而且许久没有东西吃。这回想出来的是桂生，说是罗汉豆正旺相，柴火又现成，我们可以偷一点来煮吃的。大家都赞成，立刻近岸停了船；岸上的田里，乌油油的便都是结实的罗汉豆。

"阿阿，阿发，这边是你家的，这边是老六一家的，我们偷那一边的呢？"双喜先跳下去了，在岸上说。

我们也都跳上岸。阿发一面跳，一面说道，"且慢，让我来看一看罢，"他于是往来的摸了一回，直起身来说道，"偷我们的罢，我们的大得多呢。"一声答应，大家便散开在阿发家的豆田里，各摘了一大捧，抛入船舱中。双喜以为再多偷，倘给阿发的娘知道是要哭骂的，于是各人便到六一公公的田里又各偷了一大捧。

我们中间几个年长的仍然慢慢的摇着船，几个到后舱去生火，年幼的和我都剥豆。不久豆熟了，便任凭航船浮在水面上，都围起来用手撮着吃。吃完豆，又开船，一面洗器具，豆荚豆壳全抛在河水里，什么痕迹也没有了。双喜所虑的是用了八公公船上的盐和柴，这老头子很细心，一定要知道，会骂的。然而大家议论之后，归结是不怕。他如果骂，我们便要他归还去年在岸边拾去的一枝枯柏树，而且当面叫他"八癞子"。

"都回来了！那里会错。我原说过写包票的！"双喜在船头上忽而大声的说。

我向船头一望，前面已经是平桥。桥脚上站着一个人，却是我的母亲，双喜便是对伊说着话。我走出前舱去，船也就进了平桥了，停了船，我们纷纷都上岸。母亲颇有些生气，说是过了三更了，怎么回来得这样迟，但也就高兴了，笑着邀大家去吃炒米。

大家都说已经吃了点心，又渴睡，不如及早睡的好，各自回去了。

第二天，我向午才起来，并没有听到什么关系八公公盐柴事件的纠葛，下午仍然去钓虾。

"双喜，你们这班小鬼，昨天偷了我的豆了罢？又不肯好好的摘，踏坏了不少。"我抬头看时，是六一公公棹着小船，卖了豆回来了，船肚里还有剩下的一堆豆。

"是的。我们请客。我们当初还不要你的呢。你看，你把我的虾吓跑了！"双喜说。

六一公公看见我，便停了楫，笑道，"请客？——这是应该的。"于是对我说，"迅哥儿，昨天的戏可好么？"

我点一点头，说道，"好。"

"豆可中吃呢？"

我又点一点头，说道，"很好。"

不料六一公公竟非常感激起来，将大拇指一翘，得意的说道，"这真是大市镇里出来的读过书的人才识货！我的豆种是粒粒挑选过的，乡下人不识好歹，还说我的豆比不上别人的呢。我今天也要送些给我们的姑奶奶尝尝去……"他于是打着楫子过去了。

待到母亲叫我回去吃晚饭的时候，桌上便有一大碗煮熟了的罗汉豆，就是六一公公送给母亲和我吃的。听说他还对母亲极口夸奖我，说"小小年纪便有见识，将来一定要中状元。姑奶奶，你的福气是可以写包票的了。"但我吃了豆，却并没有昨夜的豆那么好。

真的，一直到现在，我实在再没有吃到那夜似的好豆，——也不再看到那夜似的好戏了。

一九二二年十月

[社戏 导读]

情节回顾

1. 作者为什么说平桥村"在我是乐土"？
2. 文中你印象最深刻的一个人物是谁？并举例说一说他是一个怎样的形象。
3. 你怎样看待文中"偷豆"这一情节安排？

作品理解

1. 文章题目为"社戏"，但作者写社戏的部分却很少，作者这样安排是否合理？为什么？
2. 文中在看社戏的去程和归途各有一段环境描写：
   去时："两岸的豆麦和河底的水草所发散出来的清香，夹杂在水气中扑面的吹来；月色便朦胧在这水气里。淡黑的起伏的连山，仿佛是踊跃的铁的兽脊似的，都远远地向船尾跑去了，但我却还以为船慢。他们换了四回手，渐望见依稀的赵庄，而且似乎听到歌吹了，还有几点火，料想便是戏台，但或者也许是渔火。那声音大概是横笛，宛转、悠扬，使我的心也沉静，然而又自失起来，觉得要和他弥散在含着豆麦蕴藻之香的夜气里。"
   回时："月还没有落，仿佛看戏也并不很久似的，而一离赵庄，月光又显得格外的皎洁。回望戏台在灯火光中，却又如初来未到时候一般，又漂渺得像一座仙山楼阁，满被红霞罩着了。吹到耳边来的又是横笛，很悠扬。"
   请从人物角度体会这两段环境描写所体现的人物心情和心境，

并且试着品味一下作者这样写的涵义和表达效果。

沉淀思考

1. 本文其实先后写了两次看戏的经历和感受，在北京看中国戏和在农村看社戏，作者真的是喜欢看戏吗？还是喜欢看戏时的环境和氛围或者在意的是看戏时的同伴和吃食呢？作者究竟喜欢和品评的是什么呢？
2. 结合你的个人体验，说说看你印象里最深刻的一个看演出的经历是怎样的？又为何记忆犹深呢？
3. 鲁迅的小说，从来都是言简意赅但寓意无穷的，尤其是在细节上的描写往往让人惊叹，读鲁迅的作品有这样的一种感觉："方寸之间，深不可见。"那么《社戏》中你有没有在字里行间发掘出一些别有用意的双关暗指之意呢？反复品读后，你能否看透一些文字背后的真相呢？

参考答案

[自序 导读]

情节回顾

1. 《狂人日记》
2. "梦"指的是：(1)到南京求学，"走异路，逃异地，去寻求别样的人们"；(2)到仙台学医，"预备卒业回来，救治像我父亲似的被误的病人的疾苦，战争时候便去当军医，一面又促进了国人对于维新的信仰"；(3)在东京治文。概括而言：学洋务（求新知）——当医生（攻医学）——推文艺（治文学）。所有这些梦的根本内涵是"救国"。

作品理解

1. 是作者年轻时的理想和追求至今没有泯灭。
2. 友人是钱玄同，对话促成了"我"开始小说创作了。
3. 这段话中特别强调质铺的柜台"高一倍"，药店的柜台"和我一样高"，意图就是要突出"我"的年龄小，而突出年龄小，就能强调"我"的感受，就能为下文所说的"看见世人的真面目"做更充分的铺垫。鲁迅在这里特别增加的主观性描写让读者特别有一种代入感。
4. "铁屋子"指的是：半殖民地半封建的旧中国。"熟睡的人们"指的是：当时中华民族的绝大多数人思想麻木。"大嚷起来"指的

	是：朋友们通过办《新青年》杂志宣传革命真理。
5.	我自己原本认为我是一个可以不说话的人了，但是忘不了自己曾经的寂寞的悲哀感受，所以有时候写写文章，用来给那些在不被理解的寂寞中努力奋斗的先驱革命者以一些慰藉，让他们不怕前行。
6.	聊以慰藉那些在寂寞中奔驰的猛士，使他们不惮于前驱。不愿将自以为苦的寂寞，再来传染给也如我那年轻时候似的正做着好梦的青年。

沉淀思考

鲁迅生活经历、思想变化一览表。

地点	生活经历	思想变化
绍兴	侍病父	看透世态 想走异路
南京	学洋务	选择学医 救民报国
仙台	攻医学	领悟要著 弃医从文
东京	搞文艺	悲哀寂寞 深刻反省
北京	应索稿	苦闷沉默 思索追寻
北京	钞古碑	看到希望 作文呐喊

[狂人日记 导读]

情节回顾

1.	被害妄想症，觉得赵贵翁和他家的狗，打孩子的女人，路上碰到的人，小孩子，狼子村的佃户，两个医生，甚至"我哥哥"都想害我，想要吃人。

精神错乱，语无伦次，臆想猜忌。

2. 这里通过"古久先生"和"陈年流水簿子"形象所暗示的意义，将矛头直接指向了保守的封建传统文化。

3. 在狂人看来，大哥也是吃人的人，甚至是合伙吃我的人，教唆着吃人的人，大哥不仅吃了妹子，还害了自己也可能吃了妹子几片肉。

作品理解

1. 首先，"狂"表现在心理上的病态。无论街上行人的说话、眼色，还是家人闲聊、请医为他诊治，"狂人"都认为在密谋害他、想吃他，连月色的变化、赵家狗的行为都使其感觉恐怖。其次，"狂"表现在对封建礼教的否定。"狂人"读历史从"字缝里"清醒地读出几千年的封建道德文化只不过是人吃人的文化，当时尚未觉醒的人们觉得他离经叛道，把他当成疯子、狂人。

2. （1）日记是对日常经历的记录，具有真实性，以"日记"方式写小说可以增加小说的真实性。（2）日记具有私密性，以"日记"方式写小说可以细腻展示人物丰富的心理。（3）以"日记"方式写小说，作者可以借日记主人公之口表达对社会的看法，宣泄自己的情感，彰显小说主题。

沉淀思考

《狂人日记》不仅是鲁迅的第一篇白话小说，也是现代文学史上第一篇白话小说。然而这样的第一篇白话小说，却有一个文言写就的序！

小序写作目的似乎很简单，交代《狂人日记》来源，似乎也力证作者所写并非虚构，但是这里传递出的信息却让人脊背发凉。序言提到的"余"的朋友狂人，现在已经好了，"赴某地候补矣"。

这不恰好证明了序言中已经病愈的"我"是因为被"吃"掉了，所以趋同成为那些自己曾经痛恨和害怕的"吃人"者中的一员了。"至于书名，则本人愈后所题，不复改也"，可见狂人病愈后对自己的否定，认为先前的自己是个疯子，故为此篇题名《狂人日记》，然在今天的我们看来，那个时代的"疯子"才是为数不多的正常人，因为他的清明理智，让他发现真相从而反传统反封建，因此他反而成了众人的眼中钉。在那个时代，传统势力强大，封建伦理、纲常深深刻入每个人的脑海，在他们认为，传统即道德，尊古才是正确的，"狂人"这样的出现必然是病了的。这样我们不觉惊悚，大多数人认同的价值观就是对的吗？自古以来大家习以为常的事情就是应该的吗？所以偶有出现的头脑清明的"狂人"必然要回归到用"古"文写作的小序中去"病已早愈"吗？

[孔乙己 导读]

情节回顾

1. 写出了等级森严的社会环境。为孔乙己这个悲剧人物提供了活动的典型环境。也衬托和方便突出这典型环境里的典型人物，孔乙己就是这么与他人格格不入，穿长衫却站着喝酒。
2. 身份尴尬，贫困潦倒，饱受欺凌，好逸恶劳，卖弄斯文，迂腐虚荣，自欺欺人，等等。
3. 写了六类人：穿长衫（包含孔乙己）、短衣帮、丁举人、掌柜的、小孩子、小伙计（文中的"我"）。
大家怎样对待孔乙己的：丁举人打折了他的腿；短衣帮一向对他

嘲笑揭短；掌柜的取笑他被打折腿，只记住其"欠十九个钱"；小伙计也瞧不起他；小孩子只是要他的茴香豆而已。

作品理解

1. "身材很高大"说明他有劳动能力，具备谋生的身体条件，"青白脸色"表明他生活贫困，"皱纹间时常夹些伤痕"暗示了他因偷窃经常挨打，"一部乱蓬蓬的花白的胡子"指出他年岁已老，接近风烛残年，精神萎（委）靡颓唐。

2. 孔乙己的命运，掌柜漠不关心，唯一使他记起和遗憾的是"孔乙己还欠十九个钱呢！"作者让这句话反复出现，充分表现了掌柜的唯利是图、冷酷贪婪，同时也揭露了当时社会的世态炎凉和国民的麻木愚昧、冷酷无情。

3. 不矛盾。孔乙己是个可有可无的小人物，无人关心，不能确切地知道他的死活，只能估计说"大约"；但他已失去最起码的生存条件，在那个世态炎凉、自私冷漠的社会，人们麻木不仁、冷酷无情、落井下石，孔乙己只有死路一条，所以又说"的确"。作者用这看似矛盾的词语更加含蓄深刻地体现了孔乙己的悲剧命运，含蓄地表达了一种深沉的抗议与批判。

沉淀思考

整篇小说，孔乙己始终是被笑的对象；他自己却从未有过笑脸，而仅仅说过一个"笑"字，那是无可奈何地恳求掌柜"不要取笑！"这个"笑"，根本不是孔乙己的欢笑，其中包含孔乙己多少辛酸，多少屈辱，多少悲痛。而这些却让店里"充满了快活的空气"。这是多么地讽刺，与孔乙己的悲剧形成了强烈的对照。孔乙己的可悲可笑，完全由封建教育和科举制度使然。这暗合了《狂人日记》里"狂人"所言的书本满篇仁义道德，字缝里写满的真相是"吃人"，在这种"吃人"的教化下，孔乙己终于变成一个"不会营生"的废人，成为大家的笑料。

掌柜的"笑"，反映了封建社会的冷酷。掌柜表面上谈笑风生，内里却冷酷无情，自私奸猾。众人的"笑"，是冷嘲热讽，反映了当时人与人之间的冷漠。他们为了自己短暂的快乐，不惜侮辱无辜的孔乙己，他们把自己的快活建筑在孔乙己的痛苦上，无情无义，自私自利，麻木不仁。伙计的"笑"，冷若冰霜，反映了"我"对孔乙己的鄙视和冷淡。伙计在众人面前不敢放肆，极其卑微，可是对孔乙己却能歧视、怠慢、不恭不敬，表现了"我"深受封建等级观念的毒害，自以为比孔乙己高贵。他的几次"笑"塑造了一个趋炎附势、势利冷淡的伙计形象。孩子们的"笑"，是好奇和幼稚。他们因孔乙己的言行而单纯发笑，虽然没有善意，但也没有恶意。这也符合《狂人日记》里的结尾所说，没吃过人的还有孩子，"救救孩子"，因为只有他们还有希望。

[药 导读]

情节回顾

1. 华小栓得了痨病，药是一个沾了人血的馒头。
2. 华老栓夫妇、夏四奶奶，他们是旧中国千千万万群众的代表，是在长期封建重压下变得愚昧麻木的劳动群众的典型。他们善良，无知，迷信，愚昧，守旧，是社会最底层的尚未觉醒的民众。夏瑜，一个资产阶级民主革命者。虽然是勇敢的革命战士，但是他死于国，却不被理解，没有得到广大人民群众的理解。即便是夏四奶奶对自己儿子的死，也理解为是被其他人"坑"了，而不是被杀害了。

花白胡子、驼背五少爷，以及以他们为代表的一众愚昧麻木的看客形象，这些也是鲁迅想要描写的需要救治的人，亟待唤醒的民众。

夏三爷、康大叔、红眼睛阿义等封建统治爪牙，则集中表现了封建统治阶级阴险、狠毒、贪婪、卑鄙的反动本质。

3. 《药》反映了辛亥革命前后直到五四初期这一历史时期的中国社会面貌，歌颂了为民主革命献身的烈士，揭露和斥责了封建统治的罪恶和黑暗，也批判了当时革命党人脱离群众的缺点和群众的愚昧无知、麻木落后的状态。

作品理解

1. 华夏意味着中国，所以发生在华、夏两家的事就是发生在中华大地上的华夏子女身上的事。

2. 这里写乌鸦飞了，但并没有按夏瑜母亲的祝愿飞到坟上去，而是飞到天上去了，说明夏瑜母亲的那种祝愿不过是一场空。表达了作者对当时中国民众的愚昧所怀有的深沉的悲哀。

3. （1）全文以华老栓买药为儿子治病为故事的开头，题中的"药"即蘸着革命者鲜血的人血馒头。

（2）这篇文章是鲁迅写给麻木不仁的人民群众的一帖药，意在拯救他们的灵魂，医治他们的精神。

（3）文章同样也是提醒革命者的药，指出革命不能脱离群众。水能载舟，亦能覆舟。

4. 小说采用了双线结构。一条线索是华老栓为了给儿子治病买人血馒头；一条线索是夏瑜的革命活动和牺牲。两个悲剧交织起来，形成了一幅悲壮的图景。

沉淀思考

1. 坟上的花，"圆圆的排成一个圈""这没有根，不像自己开的"，显然是人为的，是别人放的花圈。谁放的呢？只有一个可能，就是夏瑜的战友或同情者前来献上以寄托哀思的。另一方面也不可讳言，这"花圈"是"平添"上去的。鲁迅在《呐喊·自序》中写道："我往往不恤用了曲笔，在《药》的瑜儿的坟上平空添上一个花环"。所谓"平添"不仅指小说前面无伏笔可寻，清末也没有用花环寄托哀思的习俗，还指不够恰当地拔高了严重脱离群众的旧民主主义革命者的历史地位。
夏瑜坟上出现花环，既突出了华大妈和夏四奶奶的愚昧不理解，又表现了革命者夏瑜的思想行为并非毫无影响。

2. 夏瑜说的时候没有主语，夏瑜完全有可能是在自嘲，觉得自己用尽心思付出生命所想建立的清明世界人间大同为的却是这样一群愚昧残忍的人，很是不值，自己就是个可怜人。另一方面，也可以理解成是对阿义的评价，认为他因为无知愚昧而活成了不分善恶的封建爪牙，活成了被吃掉尊严和思想的木偶傀儡，也是可怜。

3. 同学和家长可以尽抒己见，借着鲁迅文章的灵魂考问探讨一下国民性中的劣根问题和拯救方法。

[明天 导读]

情节回顾

1. 宝儿生病，单四嫂子求签、许愿、吃单方，宝儿的病依旧不见好转。最后她只好把希望押在庸医小仙身上。但宝儿最终还是死了，她的最后一点希望也随之破灭。

作品通过寡妇单四嫂子痛失独子宝儿的描写，展示了一幅中国妇女孤立无助的图景，同时抨击了那个黑暗的社会和冰冷的世界。

2. "原来鲁镇是僻静地方，还有些古风：不上一更，大家便都关门睡觉。"古风是指日出而作日落而息的生活习惯。在这里正好反衬出"深更半夜没有睡的只有两家"。一个灯火辉煌的咸亨酒店，一个灯光昏暗的贫苦人家，相映相照，更显凄楚。这灯光不仅透出一个贫苦人家的艰辛，看到她是何等地孤独，何等地凄凉。更透出邻里人之间的冷漠与麻木、对贫弱者的袖手旁观。

3. 故事的时间很集中，三个晚上两个白天。

作品理解

1. 心理描写。一是说明单四嫂子为了治好儿子的病，使尽浑身解数。二是虽然她爱着宝儿，却始终没有去找过医生，说明单四嫂子迷信、愚昧、麻木。

2. 单四嫂子：一个穷苦而又勤劳、善良、单纯、愚昧、麻木的年轻寡妇。后又失去了儿子，饱尝了人世辛酸。是社会最底层的劳动妇女，是封建制度、封建礼教、封建迷信的受害者和牺牲品。单四嫂子是一名"寡妇"，她和幼小的儿子相依为命，她的丈夫死去的两三年里，她没有失身也没有再嫁，她的心中甚至连再嫁的念头也没有，她只是希望靠自己的双手来养活自己的儿子，她夜以继日地纺纱，做着超出自己体力的活儿。但她这点小小的心愿在黑暗的社会里，也不能实现。

单四嫂子在鲁镇没有人同情她，更没有人向她伸出援助之手，假如女子的生计能独立，社会上的人懂得互助，单四嫂子还有一个人独自养活自己和孩子的机会，但这时的社会环境正好相反,社会冷漠,人心麻木。单四嫂子就是过得非常的苦,也没有一个人表示慰问。

单四嫂子是一个被封建思想毒害的人,在封建伦理纲常下,幼小的儿子成了她精神世界的唯一支柱,在文中我们可以感受到单四嫂子内心的孤独和空虚,她是那么地孤立无援。后来宝儿病重,她带宝儿去求镇上唯一的医生何小仙,但何小仙只是个骗子罢了,不仅医术不佳,还不负责,宝儿的病并非无法医治,可以说是单四嫂子的"无知"和庸医骗子联手夺走了宝儿的生命。这也是文中鲁迅把单四嫂子形容成粗笨女人的原因。但单四嫂子的"粗笨"不只是她自身所形成的,社会的偏见,社会上人的愚昧,把单四嫂子变成了一个"粗笨"的女人,难道单四嫂子不知道大医院可以救自己孩子的命吗?她是知道的,但她没钱,她知道没人会帮助她,没人会白白救自己的孩子,因此她用封建迷信来麻痹自己的神经,来逃避现实。

单四嫂子麻痹自己的表现在文中几次地出现,她总幻想"明天"会变好,但什么都不做,只是"希望""乞求"上帝就能显灵吗?单四嫂子是可怜的,她只是个弱女子,她没有能力救自己孩子的命,她连自己都救不了。老拱、阿五这样的无赖整日的虎视眈眈,想占她的便宜,这些周围的百姓在宝儿死后只充当着无聊麻木的看客,单四嫂子在这人情冷漠、污浊的社会里还能活命?还能做一个真正的人吗?鲁迅在文章中并没有直接地回答,但你应该猜得到!

单四嫂子的悲剧并不是个人悲剧,而是社会悲剧,一种无法自鸣的痛。

沉淀思考

1. 在《明天》中,宝儿死后,单四嫂子悲痛万分。她知道,"他的宝儿确乎死了","也的确不能再见了",但是她希望能在梦中见一见。不过作者没有这样安排。如果小说让单四嫂子做一个美好的梦,在梦中见到了思念的宝儿,但也只不过是一个梦而已。这对单四嫂子,对读者,或许是一个安慰,而这个安慰毕竟是虚幻的,会冲淡小说的悲剧气氛,因而也就不可避免地要削弱小说揭露和批判的力量。这正是和鲁迅的积极主张背道而驰的,积极的态度是揭露那黑暗的社会,诅咒那罪恶的时代,要唤起人们对封建社会的憎恨,对单四嫂子悲惨命运的同情。不仅要指出旧社会灭亡的趋势,还要示人以光明的未来。所以在小说的结尾,作者写道:"只有那暗夜为想变成明天,却仍在这寂静里奔波。"作者分明对光明的未来充满了希望。

[一件小事 导读]

情节回顾

1. 起因:因为生计关系,我到 S 门去,雇定了一辆人力车。
   结果:车夫被留在巡警分驻所,我请巡警转交车夫一大把铜元之后离开了。

2. 文章描写了三个人物。"我"主要通过心理描写来展示,对车夫有行动描写和对话的描写,对"老女人(女人)"的刻画则综合运用了三种描写方式。

作品理解

1. 或者听到了,或者没有听到,这是一个有爱心,勇于承担责任讲道义的车夫。

2.	（1）第三处环境描写：大风过后，天气寒冷，路上除了我、车夫和老女人外，没有其他人。烘托了车夫对自己行为负责的高大形象。 （2）第四处环境描写：风停了，路上安安静静。用安静的环境来烘托"我"此时复杂的心理活动。
3.	赞美车夫对自己行为负责的精神，表现了"我"自我批评（自愧自省）的精神。
4.	我目睹了一场"车祸"，车夫送并没有受伤的女人去找巡警。我先是看不起车夫，觉得他多事，管闲事，后来觉得他很伟大。因为这件小事让我知道了在这个世界上还是有人性有希望的。车夫虽然不是什么文人，也不懂得之乎者也。但他却有一颗善良、真诚、乐于助人的心。教我惭愧，催我自新，增长我的勇气和希望。我从这件小事学会了理解别人，感受到了勇气和希望。

沉淀思考

1.	思考联想："我"身上有很大的鲁迅本人的身影，人物，"我"身上更多地投射了鲁迅自己的感受，能看到鲁迅的影子，鲁迅确实如我一样看不起人，尤其是普通民众，这来自于鲁迅少年时期的人生遭遇，对于鲁迅而言，真正让他走出蛰居的状态，开始与《新青年》合作的动力来自于他内心对于希望的渴望，小说里的小事只是个偶然的契机，真正让"我"走上自新之路的是"我"内心反思和"我"自我的强烈，一件小事曲折隐晦地表露了他在呐喊前的蛰居时期的心悸，也可以视为是鲁迅从蛰居到付出期间的精神自传，所以，文中车夫的形象并不算高大，而"我"产生的希望并不是来自于车夫的形象，而是指在小事的不断提醒下，"我"不停的惭愧和不断的自信，这是一个挣扎着要建构新勇气和希望的灵魂，我们也可以感受到鲁迅的反抗，

绝望的姿态，这是他从绝望中走出的一种思想闪光。事情发生时只有三个人，"我"总是看不起，然而在小事中"我"感到了对比车夫的巨大的心理落差，"我"始终是被冷落，车夫不理会"我"的意见，老女人始终瞧都没有瞧"我"一眼，巡警处理事故也不会咨询"我"的看法，"我"到这时才发现"我"在事件中原来是不值一提的。不仅如此，在小事中"我"对他人的形象定位也遭到了猛烈的冲击，车夫的形象在"我"眼中发生翻天覆地的变化，他不仅不是一个混蛋，而且成了一个以善对恶以德报怨的人。让"我"认识到自己思想的武断，由此"我"产生的希望并不是来自于车夫的形象，而是在小事的不断提醒下，"我"不断的惭愧和不断的自信，在我身上凝聚了鲁迅当时不满社会现实的知识分子的深刻思考，"我"是这类知识分子中开始努力改造自我的典型。

2. 略（选取的事件要"小"，但其中蕴含的人格力量要"大"，并可以起到点醒你反思自身的狭隘与局限的作用。）

[头发的故事 导读]

情节回顾

1. 两个主人公，"我"和N先生，"这位N先生本来脾气有点乖张，时常生些无谓的气，说些不通世故的话。"N先生是个受过新思想洗礼的进步知识分子，由于封建习惯势力强大，由于辛亥革命的软弱和不彻底，他在社会上不断碰壁，于是满腹牢骚。他以自己剪辫子、装假辫子、取下辫子的遭遇为例，谴责中国封建传统文化的腐朽，批判国民的愚昧和麻木，揭示辛亥革命只

"革"掉一条辫子的悲哀。面对令人痛心和愤慨的社会现实，他竟然想到了躲避。因此他深感中国的守旧和顽固，呼吁革新，而剪除发辫至少是变革的一种形式。

"我"在文中只是个听众，但是与N先生形成一个对比：这是两种人的对比，一个有历史记忆，尤其是辛亥记忆，一个则无；一个通世故，一个不通世故；一个是有声而喋喋不休的，一个是沉默少言，是世故的倾听者，这两类人对于辛亥革命的感受形成了强烈的对比。

2. 文中的"我"撕揭日历发现双十节却没有记录，于是引发N先生的牢骚"他们忘却了纪念，纪念也忘却了他们！"由此开始回忆和诉说自己相关的纪念，"我最得意的是自从第一个双十节以后，我在路上走，不再被人笑骂了。

"老兄，你可知道头发是我们中国人的宝贝和冤家，古今来多少人在这上头吃些毫无价值的苦呵！"

作品理解

1. 儒家讲究"身体发肤，受之父母，不敢毁伤，孝之始也"。因此，古代男人也要求蓄发。最早有一种刑罚叫髡，即剃去男人的头发。看似免受皮肉之苦，立意却极为凶险。如鲁迅所言"推想起来，正不知道曾有多少人们因为光着头皮便被社会践踏了一生世"。清初，扬州和嘉定人因不愿意拖起辫子，就有了骇人听闻的"扬州十日"和"嘉定屠城"。到了清末，没有辫子就成了"反叛"了。然而，"长毛"又来胡闹，他们不光自己蓄发，见着辫子的，手起刀落。"那时做百姓才难哩"，"全留着头发的被官兵杀，还是辫子的便被长毛杀！"辛亥革命依然先动头发。况且初时形势不明朗，那些早剪的吃尽了苦头。保守些的，搞不懂谁将坐上龙廷，也免不了战战兢兢。后来有机智的，把那长长的一根在脑后盘起作为权宜，创新了一道独特的"富士山"风景。剪了辫子的 N 先生从国外回来的时候被人骂作"冒失鬼"和"假洋鬼子"，女子剪掉头发就考不进学校了。辛亥革命以后，人们才有了剪辫子的自由。于是，由头发的故事说到了辛亥革命。N 先生的独白，围绕着男人留辫子、剪辫子、女子剪发等"头发"问题组织故事。通过头发问题所引起的反复曲折的风波，事实上表达了作者鲁迅对中国普通民众的深深同情和对只重形式、不重实质的统治者或革命者的愤激。

2. 手杖在这里可以说是武器，是让人害怕的东西。但引申开去，这又可以把"手杖"理解为雄厚的实力，也是欺强凌弱的证明。实力说话，强权有理。再联系后面那段话"我便索性废了假辫子，穿着西装在街上走。一路走去，一路便是笑骂的声音，有的还跟在后面骂：'这冒失鬼！''假洋鬼子！'

"我于是不穿洋服了，改了大衫，他们骂得更厉害。

"在这日暮途穷的时候，我的手里才添出一支手杖来，拼命的打了几回，他们渐渐的不骂了。只是走到没有打过的生地方还是骂。"可知面对奴性和愚昧的民众，唯有"手杖"所代表的暴力强权才是"一力降十会"。

沉淀思考

1. 思考联想：鲁迅先生曾经说过，在中国挪动个桌子都是要流血的。我们又有过"留头不留发，留发不留头"的历史，头发的故事更是让我们深感变革在中国施行的难度，抱守陈规做惯奴隶的民众让烈士的鲜血白流了，烈士已被遗忘了。面对着浓重的黑暗，面对着被统治阶级愚弄而麻木的人们，面对着烈士平塌的坟墓，作者借 N 先生的嘴发出了这句愤怒的呐喊。今天的人们也该以此自省和鞭策。

[风波 导读]

情节回顾

1. 是辛亥革命时期的事。从谈话中的"长毛""辫子"等语言以及七斤辫子被剪、赵七爷骨子里深刻的封建意识可以看出来。
2. 1917年;未庄;卷入风波的人物有:七斤、七斤嫂、赵七爷等。
3. 七斤在"造反"的时候撑船上城被人剪去了辫子,周围人(七斤嫂、九斤老太等)认为剪去了辫子不伦不类,不僧不道,现在还连累大家,很是反感。这反映了当时人民不了解辛亥革命的意义,辛亥革命也没有让人民明白革命的意义,它只不过是一次形式上的革命。

作品理解

1. 借着九斤老太的嘴,文中多次重复该句话,表现了九斤老太无法理喻的对现实的不平,作者也借此表现中国农村经济生活每况愈下的状况。
2. 研讨参考:
(1)通过细节描写来写七斤:七斤的"象牙嘴白铜斗六尺多长的湘妃竹烟管"是一个重要细节:在"往常对人谈论城中的新闻的时候",他含着它以显出骄傲模样;在风波将要发生时,他是"捏着"烟管,"低着头,慢慢地走来";在风波的高潮中,他"坐在门槛上吸烟;但非常忧愁,忘却了吸烟,象牙嘴六尺多长湘妃竹烟管的白铜斗里的火光,渐渐发黑了";风波过后的第二日清晨,他"傍晚回到鲁镇,又拿着六尺多长的湘妃竹烟管和一个饭碗回村"。与这个烟管有关的细节描写十分准确地反映了七斤在不同时间内的不同心情,从而,深刻地显示了他这位船工在这场复辟事件中的思想活动。

（2）通过细节描写来写赵七爷：他盘起、放下、又盘起的辫子，他难得一穿的竹布长衫，他"满脸油汗"，他走来又走去的"独木桥"。辫子、长衫显示了他这位封建遗老的韬晦和复仇心理，"满脸油汗"生动地表现了他对于复辟的兴奋，而"独木桥"则暗示了他所走的生活之路。

（3）通过细节描写来写六斤：六斤的"双丫角"变为"一支大辫子"，则预示新一代可能还要走前辈的老路。

沉淀思考

1. 这一环境描写告诉人们，虽然辛亥革命已经完成了，可是农村却没有任何变化，一如其旧。另外这个传统宁静的环境也为下文一场风波的出现提供了一个反衬的背景，从而，突出了那场风波的不平静。小说的结尾，再次出现了"仍旧在自家门口的土场上吃饭"的场景，这个结尾与开头呼应，说明一切恢复原样。不管是那次革命，还是这场风波，对农村都没有产生多大的影响。小说中的环境描写有力地渲染了气氛、烘托了主题。

2. 小说以辫子事件为主线。小说中有两条辫子，一条是七斤已剪掉的辫子，另一条是赵七爷的辫子。前一条实际不存在的辫子贯穿全文，后一条则辅助性地说明了故事背景的变化。风波是由辫子引起的——在第一部分的后面，辫子预示了风波即将来临。

第二部分所写的这场风波的发生、发展、高潮，也集中在辫子上；在第三部分里，赵七爷"辫子又盘在顶上了"——这条辫子的盘起，宣告张勋复辟的失败，于是风波平息了。总之，小说的三个主要部分，故事的开端、发生、发展、结束都是以辫子为事件的中心贯穿起来的。

[故乡 导读]

情节回顾

1. 本文主要写了闰土和杨二嫂的变化：

   描写闰土的变化主要在少年闰土和中年闰土的外貌[肖像]上（少年闰土：紫色的圆脸，头上戴一顶小毡帽，颈上戴着一个银项圈，红火圆实的双手；中年闰土：身材增加一倍，灰黄色的脸上有很深的皱纹，眼睛变得又红又肿，头上戴着一顶破毡帽，身上一件薄棉衣，浑身瑟索着，手又粗又笨，而且还开裂，活像松树皮。）；

   动作语言（少年闰土：敏捷刚健、干脆利落、脱口而出、质朴生动；中年闰土：迟钝呆滞、吞吞吐吐、断断续续。）；

   对"我"的态度（少年闰土：对"我"热情友好，告诉"我"许许多多稀奇的事情，送"我"贝壳和鸟毛，和"我"建立了纯真的友谊；中年闰土：对"我"恭恭敬敬，叫"我"老爷，"我们"之间已经隔上了厚厚的障壁。）；

   对生活的态度（少年闰土：天真活泼、无忧无虑；中年闰土：对生活感到痛苦、悲哀，生活重压压得他喘不过气来，使他成为木偶人，只能把希望寄托在神身上。）；

   性格（少年闰土：活泼开朗、热情诚恳、勇敢能干、可爱友好，小英雄形象，充满生机、充满活力；中年闰土：麻木迟钝、愚昧呆滞、谦恭卑贱、老实、没有生机没有活力像一个木偶人。）等五个方面来描写的。

   写杨二嫂的变化主要采用语言、外貌[神态]、动作等描写手法（二十年前的杨二嫂：年轻貌美，安分守己；二十年后的杨二嫂：尖酸刻薄、自私贪婪、泼悍放肆、爱搬弄是非，一个典型的小市民形象。）。

表达了作者对封建社会的贫苦、落后、愚昧的无可奈何；因中国农民的生命力、活力被封建主义和帝国主义的扼杀而悲伤；因人性的扭曲而痛苦；因农民的贫苦生活而同情；因纯真、理想的人与人间的关系及新生活而渴望。

2. 通过对闰土的变化描写，写出了封建等级观念造成"我"和闰土之间的隔膜。

作品理解

1. "我"：辛苦辗转的生活，生活不安定，到处奔波。

   闰土：辛苦麻木的生活。

   别人：指杨二嫂一类人的辛苦恣睢、放任、放纵的生活。

   "新生活"：说不出新生活是怎么样的，对于新的生活没有明确的答案，并且新生活很遥远，在未来。

2. "我"回忆中的故乡是一个带有神异色彩的美的故乡。

   它是一个五彩缤纷的世界：这里有"深蓝"的天空，有"金黄"的圆月，有"碧绿"的西瓜，少年闰土有一副"紫色"的圆脸，脖子上带着"明晃晃"的"银白"色项圈，海边有五色贝壳，还有各种颜色的鸟类。它们构成的是一幅"神异"的图画，一个五彩缤纷的世界。

   它是一个辽阔而又鲜活的世界：它没有被"院子里高墙上的四角的天空"所束缚，而是在与少年闰土的情感交流中舒展开了想象的翅膀，给自己展开了一个广阔而又美丽的世界。

   "我"回忆中的"故乡"是一个美好的世界，这个世界实际是少年"我"美好心灵的反映，是少年"我"与少年闰土和谐心灵关系的产物。但是，这种心灵状态不是固定的，这种心灵关系也是无法维持久远的。社会生活使人的心灵变得更加沉重，使人与人之间的关系变得复杂起来。当成年的"我"重新回到"别了二十余年的故乡"时，这个回忆中的"故乡"就一去不复返了。在这时，他看到的是一个由成年人构成的现实的"故乡"。现实的"故乡"，它是在现实社会生活的压力下失去了精神生命力的"故乡"。

这时的"故乡"是由三种不同的人及其三种不同的精神关系构成的。

豆腐西施杨二嫂是一个可笑、可气、可恨而又可怜的人物。豆腐西施杨二嫂体现的是"我"所说的"辛苦恣睢而生活"的人的特征。她的生活是辛苦的，但这种辛苦也压碎了她的道德良心，使她变得没有信仰，没有操守，没有真挚的感情，不讲道德，自私狭隘。

成年闰土已经变成了一个神情麻木、寡言少语的人。"只是觉得苦，却又形容不出。"为什么他在少年时就能有所感而又形容得出，现在却形容不出了呢？因为"那时是孩子，不懂事"，但"不懂事"的时候是一个活泼泼的人，现在"懂事"了，却成了一个"木偶人"了。

成年"我"是一个现代知识分子，但现代的知识分子是在城市谋生的人。他已经没有稳固的经济基础，也没有政治的权力。他同情豆腐西施杨二嫂的人生命运，但豆腐西施杨二嫂却不会同情他。他无法同她建立起精神的联系。他在她那里感到的是被歧视、被掠夺的无奈感。闰土是他在内心所亲近的人物，但闰土却仍然按照对待传统官僚地主知识分子的方式对待他，使他无法再与闰土进行正常的精神交流。他在精神上是孤独的。他寻求人与人之间的一种平等关系，但这种关系在现在的"故乡"是找不到的。总之，现实的"故乡"是一个精神各个分离，丧失了生命活力，丧失了人与人之间的温暖、幸福的情感关系的"故乡"。

理想中的故乡则是要靠我和闰土的子侄们创造出的一个新世界,人和人之间的关系平等自然,不再有隔膜、市侩和麻木痛苦,也不再有物质生活的苦痛和精神被摧残的压迫。这个未来时的故乡是希望,也是要靠人们的努力"走"出来的世上本没有的"路"。

3. 不止于此,除了生活的艰难和苦楚让成长后的"我"与闰土改变心境,最重要的是少年鲁迅和少年闰土之间的关系的实质,已经发生改变,从两个年龄相仿的少年变成两个阶级不同的两种人使两人关系从和谐走向隔膜。鲁迅所抨击的是把人分成高下不等的各种等级的封建等级制度,这种制度影响下产生的封建等级观念,以及维护并实施这种制度的封建礼教制度。两个童年的小伙伴再相见时已经变为"老爷"与下人,这个人与人之间的等级界限,终于把两颗心分开了。可以说,这段描写是《故乡》全文的高潮,是最亮的光点,而"老爷"二字,又是这段描写的聚光点。由此可以看出,《故乡》的中心,在于揭露封建等级制度和封建等级观念对人与人正常关系的无形破坏作用,是"封建思想吃人"主题的一个变奏曲。

沉淀思考

1. 作者把希望比作地上的路,意思是只空有希望而不去奋斗、追求,希望便"无所谓有";有了希望并始终不渝地斗争、实践,希望便"无所谓无"。人们都满怀希望奋斗,就会迎来新生活。旧的生活这样压抑、沉重,作者期盼闰土、水生、杨二嫂以及他们的后辈能从历史的束缚中解脱出来,过上新的生活。

2. 前后对比的有:二十年前故乡和眼前故乡景象;记忆里故乡和现实中故乡的色彩与氛围;豆腐西施和"圆规";小英雄和"木偶人";

两个亲密小伙伴和现在的老爷与下人；等等。

形成对照的有：坐船回故乡和行舟离故乡的心情；童年的"我"与闰土以及水生和宏儿这两组少年伙伴的关系和情谊；杨二嫂与闰土；等等。

[阿Q正传 导读]

情节回顾

1. 连姓名籍贯都渺茫的人可见其地位之低，在中国的农村特别注重姓氏宗族，势单力薄的姓氏往往受欺负，望族大姓，也往往因此而感到自豪。阿Q没有姓，没有名，也没有籍贯指的就是他无一可靠，其处境悲惨，周围的人之所以会欺辱他压榨他，也是因为此。这让他没有丝毫的社会地位可言。原本也许他是姓赵的，但是赵太爷不允许他姓赵，说他"也配姓赵？"要知道姓本是一个人与生俱来的东西，并不存在会不会，配不配的问题，然而赵太爷却说他不会姓赵也不配姓赵，而且对他是又骂又打，从这里可以看出来，在当时的中国社会，因为赵太爷有钱有势，就可以对他人任意欺压裁夺，甚至剥夺其姓名权，可笑的是村民们也认为赵太爷是不会错的，从此阿Q被剥夺了姓赵的权利。

2. 第一件屈辱：貌视王胡被抓住碰头。第二件屈辱：辱骂"假洋鬼子"挨打。

原因有二：(1) 这两次挨打都是发生在阿Q被赵太爷打了嘴巴、出了名以后，他感到大家仿佛格外尊敬他，一般人不敢惹他；(2) 打他的两个人在阿Q看来最没资格：一个是自己貌视的人，一个是自己最厌恶的人。

3. 阿Q调戏赵府上的奴仆吴妈，因此被赵太爷打骂并勒索，从而丢掉了工作，而且他被赵太爷的五个赔偿要求剥削得所剩无几，未庄的群众又对他另眼看待，以至于看土谷祠的老头也不让他再居住下去，酒店也不给他赊账，使得他衣食没有着落，最后只能到尼姑庵去偷萝卜，还要被黑狗追赶，阿Q就这样被逼上了绝路，只能打定主意进城了。

作品理解

1. 类似的话还有"我的儿子会阔得多啦！""我总算被儿子打了，现在的世界真不像样""打虫豸，好不好？我是虫豸还不放么？"在阿Q的意念中，祖上名门显贵，儿孙财势兼备，唯有自己贫苦卑微，他不敢正视当前的现实，只能如此自欺欺人。事实上的卑微，意念中的高贵，现实世界是失败者，而在精神领域他却永远是胜利者。他没有家，没有业，没有亲，没有友，孤苦伶仃只能住在土谷祠靠打短工为生，一无所有，然而别人去称颂"阿Q真能做"，他就变得很喜欢，也说明他的爱慕虚荣，喜欢奉承，这是一种莫名其妙的自负心态。同时"阿Q又很自尊，所有未庄的居民，全不在他眼睛里"，对赵太爷，钱太爷，秀才"在精神上独不表格外的崇奉"，有着"不值一笑的神情"，可以说这是一种奇特的自我荣誉的维护本能。

2. 孔乙己买酒时"排出五文大钱"，用"排"这个字表明了他当时的穷困潦倒，五文大钱得来非常不易，出手时很是舍不得，生怕给错多给。然而阿Q从城里连夜逃回未庄，还没有来得及整理好自己的褡裢，而且阿Q属于生性粗俗，有钱就花并不在乎，所以他就把银元银角和铜元混在一起，再说大家谁不知道他的底细，他就是为了在未庄人面前去摆阔，所以故意要用扔。这个字是带有声音的，带有响动的，从中表明他的一种目空一切忘乎所以，这个"扔"字十分准确地反映出阿Q当时的境况和性格。

沉淀思考

1. 这句话充满了讽刺的意味，是一句正话反说，在这里讽刺了男尊女卑的封建教条，也讥讽了无耻的假道学先生们。阿Q对女性的态度是非常受到封建思想毒害的，一方面认为女人是害人的东西，另一方面他又有着本能的欲望，所以又希望有女人来勾引自己，他"被小尼姑害得飘飘然"，又想和吴妈困觉。所以这一切就显得格外讽刺。

（补充理解：鲁迅先生笔下的阿Q有着本能的对女性的生理需求和爱慕，但是受到男尊女卑思想的影响又刻意的自以为是贬低看不起女性，这其实是中国上千年封建社会的思想余毒的社会性反映。现代社会努力消除性别歧视，提倡平权主义，但是男性的莫名优越感和女性的莫名被归罪依旧存在，这种可怕的封建思想影响至今也未完全消除，百年前鲁迅在这里说可做圣贤的中国男人都是被女人毁掉的，这是明确的反讽，是对假道学先生的道貌岸然的揭露和批判，然而百年后还有人信奉和大言不惭此种言论就让人可叹了。）

2. 在现实生活中，"阿Q"的做法至少有以下情态与形式上的继承与发扬：

一是"怕"。具体说来，就是怕官，怕名人，怕阔人，怕洋人，怕恶人，怕坏人，怕不讲道理的人……概括起来说，就是一怕比自己强的人，二怕比自己坏的人。

二是"忌"。忌别人议论自己，忌别人批评自己，忌别人超过自己，忌别人给自己提出不同意见；有些场合，还忌讳别人表扬自己，赞美自己。

三是"俗"。民，只要一做了官，不管官大官小，马上就摆谱；穷人，一旦变富了，不管富从何来，怎样来的，马上就摆阔；无名小卒，一旦扬名，不管名大名小，马上就端架……

四是"坏"。爱探听别人的隐私，爱传播别人的小道消息，爱造谣，爱传谣，爱挑拨离间、搬弄是非……

五是"假"。其实也就是"虚"。用老百姓的话说"净弄些不管用的"。假正经，假慈善，假爱心。

六是"赖"。赖账的，推脱责任的，倒打一耙的，翻脸不认人的，已经不是什么新鲜事。

七是"顺"。只要当官的说了，再错，自己心里再不乐意，表面上也举手赞成，只要还给自己留一条活路，再大的委屈也能咽下。

八是精神胜利法一向都被我国人当作是一种自欺欺人的反面教材进行抨击，但是如果我们也可以从正面的角度去审视它的话，在我们遇到困难的时候不会过度的自卑，总能给自己的心情和心理郁闷找一个出路，这也未尝不是一件好事儿。所以有人说，在现实生活中，人还是要有一点阿Q精神的。你同意这种观点吗？

[端午节 导读]

情节回顾

1. 他是个自命清高的"读书人"，他一面对学生们表现出自己积极响应新文化的改革思想，一面又委身于一个腐败无能的政府当中，成为一个随风倒的小官僚。政府是给教育部门发薪的上级单位，他作为教师队伍一员却被欠薪，"他也决不开一开口。不但不开口，当教员联合索薪的时候，他还暗地里以为欠斟酌，太嚷嚷；直到听得同寮过分的奚落他们了，这才略有些小感慨"。这两个身份他哪一个都做得不够纯粹和职业，在相互掺和和彼此矛盾中他也成了一个可笑的迂腐两面派。

2. 方玄绰近来爱说"差不多"这一句话，几乎成了"口头禅"似的；而且不但说，的确也盘踞在他脑里了。他最初说的是"都一样"，后来大约觉得欠稳当了，便改为"差不多"，一直使用到现在。从"都一样"的一视同仁，到"差不多"的似是而非，这种没有底线的圆滑和墙头草的作风，诠释了中国传统文人经典的处世原则：中庸和装糊涂。看似"差不多"比"都一样"增加了些许区分度，但是依旧是不表明自己的态度，不区分是非高下不做评判，方玄绰一面想要当官，一面又非常担心学生们对官僚的辱骂蔓延到自己身上，而且遇到很多涉及原则的大事，为了避免惹祸上身，他于是也总把"都一样""差不多"当成口头禅放在嘴边来蒙混过关。这也是鲁迅本人非常厌恶的一种小人行径。

3. 方玄绰身处的正是中国传统文化与新文化激烈交锋的年代，社会上流人士开始从衣食住行等等各方面摆脱旧时代的约束，在这样的情景下，他居然不知道应该如何称呼自己的太太，如果喊老婆，他觉得太肉麻尴尬，何况他也不爱自己的太太，如果喊太太，又让自己显现得十分守旧，于是就以"喂"来代替他们之间称呼的名号，这样啼笑皆非的事，让方玄绰上演得异常滑稽和生动。

作品理解

1. 他是一个表面上进步，骨子里落后的旧知识分子形象。方玄绰是"这些因循守旧，看不惯新的事物，总是喜欢在过去的世界里思考问题的人物代表"。从身份地位上看，他身为高等学府教员，喜欢发奇谈怪论，而同时又混迹于官场，扭扭捏捏地做个政府的小官。这个知识分子加官僚的身份，使他说话做事充满矛盾——"索薪"事件，更是使他不尴不尬，左支右绌，颜面尽失。他是个假清高的伪君子，假高尚的真小人。别人讨薪时他不开口，大家罢课时，他又恨政府"用果子耍猴子"，方玄绰在得知政府要所有官员自己到财务科要钱时，他表现得非常愤怒，因为他一贯认为读书人是体面的，教书育人是非常高尚的，自己处在这个高尚的位置上，亲自去索要薪水是非常难堪和丢人的，这样的举动大大伤害了读书人的自尊，也与自己平时一贯高歌的高尚作风不相衬，但是面对越来越窘迫的生活，他很快就放弃了自己坚持的体面，也加入到讨薪大会的团队里去了。

他无钱却敢挥霍，当家里已经穷得无米下锅，无钱给儿子交学费的时候，方玄绰居然还让自己的小厮到饭店去为自己赊酒"莲花白"，还抽起了哈德门香烟，这种今朝有酒今朝醉的生活，他竟也过得非常心安理得，完全不理会自己太太的左右为难。

他是个眼高手低，又自以为是的人。面对越来越困顿的生活，方玄绰的太太劝他可以在工作以外再想点别的门路，比如给报馆或者出版社写文章，不料他对此却很不以为然，一方面用种种理由去推脱，一方面找各种借口去糊弄，就连自己曾经动过心思要买彩票的念头被太太抢先说出来，也表现得非常愤怒，就是个眼望天却不落实处的无用文人。

从他的文化角色上看，他表面上是新式文人，天天捧着《尝试集》看。但骨子里浅薄、市侩，在家里是坐吃等伺候的"家长"，在社会上是袖手旁观，静观待变的"看客"，是个披着新衣的旧式文人。

2. 举例略，本文中鲁迅先生驾轻就熟地运用了一系列轻松幽默的方式对"方玄绰"这类表面上进步，骨子里落后的旧知识分子进行了辛辣讽刺。鲁迅的《呐喊》全集大多文章基本上都非常的压抑，几乎都是阴暗辛酸的主旋律，然而在这当中夹杂着的《端午节》却让人禁不住发笑，也算是难得了，恐怕这对全书的整体氛围来说也是一个调剂吧。

沉淀思考

1. 1922年端午节是5月31号，本文作于6月。很可能就是在端午节期间的构思和起笔，其实文中也提到过端午节这个时间的节点，"到了阴历五月初四的午前，他一回来，伊便将一叠账单塞在他的鼻子跟前，这也是往常所没有的。"阴历五月初五就是端午节，文中这种隐曲的表达也是一个凑趣之举。提到端午节，人们就会想起屈原，一个"路漫漫其修远兮，吾将上下而求索"的先行尝试者，无独有偶，方玄绰在文中有事没事就又念又看的书也是《尝试集》，胡适先生的《尝试集》恰就是一本摒弃旧诗体裁的尝试新诗的诗集。在这里让方玄绰和屈原有个对比，前者是整天抱怨旧的机制，然而又不愿改变，得过且过，他读《尝试集》更是对他的讽刺，他根本不懂得尝试和求索，完全不会身体力行。他这种表面上进步，骨子里落后的旧知识分子形象，完全配不上屈原这样的祖先，可以说用端午节这个题目也可以算寓意深刻了。

2. 文章链接：距离鲁迅写那篇《端午节》的时候，已经九十五年了，距离胡适写那篇《差不多先生传》的时候，已经九十三年了，"都一样"和"差不多"思想却依然活跃在我们这片大地上。

（1）它们是自欺欺人的万能麻醉剂。

"男人都一样，一有钱就会变坏。"于是当自己的老公功成名就，富贵显赫，在外拈花惹草，女人就拿这句话来麻醉自己，心里也就不痛苦了，整个人也就豁然开朗了。

"女人都差不多，都是嫌贫爱富。"于是相亲屡屡碰壁的年轻人从不在自己身上找找其他原因，每次都拿这句话作为自己没被对方看上的理由，于是心里也就好受多了，也就不用改掉自己懒惰、邋遢、不上进的毛病了。

（2）它们是麻木懦弱的挡箭牌。

去政府部门办事，碰到工作人员故意刁难自己，立马想着，这衙门自古就是"门难进、脸难看、事难办"，心里也就觉得本该如此，也就不计较了。

在街上碰到城管欺负小商贩，立马想着，如果这小商贩当了城管，这城管做了小商贩，说不定欺负得更厉害，心里也就立马释然了，觉得这很正常了。

（3）它们让人不思进取，得过且过。

对于"都一样"先生和"差不多"先生来说，考试考六十分和一百分都一样，都是及格；工作完成质量没有优次之分，都差不多，只要能交差就行；自行车和小轿车都是代步工具，都能到达目的地。于是也就万事大吉，得过且过了。

（4）它们让人逆来顺受，阻碍社会进步。

在"都一样"先生和"差不多"先生心里，无商不奸，于是被商家骗了，也就不去争取自己的合法权益了；自古官官相卫，于是办事遇到官员故意拖延、推诿扯皮，也就不去投诉了；天下乌鸦一般黑，于是也就不去争取那一点点"白"了。

长此以往，对所有的不法不公，也就习以为常了，社会改良和进步也就无从谈起。

170

（5）其实，大不一样，差很多。

首先，六十分和一百分差很多，一个是刚刚及格，一个是满分；自行车和小轿车的速度是天壤之别；一家人住在三室一厅的房子比挤在一室一厅的房子里要舒服很多。

其次，这个世界上，没有完全相同的两片树叶，也没有完全相同的男人和女人。有拈花惹草的男人，也有洁身自好的男人；有嫌贫爱富的女人，也有愿意同甘共苦的女人。

不能让所有的男人来为那些有钱就变坏的男人背黑锅，也不能让所有的女人来为那些嫌贫爱富的女人当替罪羊。退一步讲，即使所有的男人有钱就变坏，可是男人的这种做法不对啊，既然不对，就应该纠正。

同理，我们不能因为见惯了不法不公的现象，就放弃追求公平和正义。

最后，愿少一些"都一样"先生和"差不多"先生，多一些"不一样"先生和"差很多"先生。

[白光 导读]

情节回顾

1. 本文写了陈士成十六次落榜科举后因为受不了失败和钱财地位两空的悲痛，精神异常失足落水而亡的故事（人物、事件）。

2. 吴中杰说过："作品重在心理描写，是一篇很有特色的心理小说。它对人物的心理描写不是静止的，而是与情节的进展相结合，心理活动牵制着行动，行动进一步推动心理活动，两者相辅相成，结合得很好。"陈士成的心理由希冀到失落，最后到幻想发狂，来源于十六次科举的失败，转而追求祖先留下的财富，各种人生挫败，层层打击，让他不堪重负，精神失常。

内容理解

1. 一个梦想升官发财的旧知识分子形象。

2. 糖是甜蜜和有香气的，就像陈士成幻想中的科举成功，塔又是高耸和坚固的，是陈士成对自己人生志向的看中和坚持，但是十六次的坚持和重复性失败也彻底让这座塔坍塌成一片跨越不过去的巨大废墟，让他无法视而不见也无法清除的人生失败，这才最终致使他精神崩溃，发狂成癫。

3. 白光在文中表层义指写实的月光，还有深层义的理解，首先，"白光"可理解为金钱之光（从银子的颜色和光亮而来，引申出功名利禄），其次，白光寓意为死亡的光。

（1）以"白光"为题点明了小说主要描写内容。小说就是围绕陈士成因落榜产生白光的幻觉并最终为追逐白光落水而亡来写的。

（2）小说以"白光"隐喻封建科举制度的功名利禄，而陈士成连考十六次未中，并最终因追求这种功名利禄而死，从而以其为题揭露了封建科举制度吃人的罪恶本质，彰显了小说的主题。

4. 作者通过四个方面来描写小说独特的氛围：一是陈士成的幻觉，这种幻觉极易感染读者；二是环境描写，月光的阴冷，默认的静谧，都能使读者如身临其境；三是祖母讲的故事，富有神秘感；四是白光的描写，白光将陈士成一步步导向死路，白光也是封建科举制度的功名利禄的形象化身。

（就写作风格而言，这篇小说明显受到安德列耶夫的影响，但更带有鲁迅小说那特有的犀利、敏锐之风格。）

沉思拓展

1. 陈士成与孔乙己都深受科举制度的毒害，是科举制度的牺牲品和殉葬品。他们都热衷于封建科举，希望通过中举来进入仕途，获得功名利禄，受科举制度之害而不觉悟。但两人又有不同，陈士成出身于没落的豪绅阶级，从未放弃过功名，他总想着通过科考赢功名，光宗耀祖，渴慕名利。而孔乙己则迂腐不堪、穷困潦倒而又自命清高、自欺欺人。

2. 陈士成的美梦解释了这一切"绅士们既然千方百计的来攀亲，人们又都像看见了神明似的敬畏，深悔先前的轻薄，发昏……赶走了租住在自己破宅门里的杂姓——那是不劳说赶，自己就搬的，——屋宇全新了，门口是旗竿和扁额……"从他的美梦中，看出他认为是中了第后，自然是有了尊严，有了金钱。也就是说，他是冲着权力、地位和金钱去的。

    中国人说："万般皆下品，惟有读书高。"这并不是对知识的崇拜，而是基于两点：一、谋特权。从家族方面看，"一人得道，鸡犬升天。"一个人的科举考试，全家都会给予经济、精神上的支持。为的也是科举成功后，利用特权为同宗族的人谋一个一官半职。有关系，好办事不正是中国人的信条吗。二、"书中自有颜如玉，书中自有黄金屋。"在科举制度下，做学问只为了考试，考试为了升官发财。正所谓："学而优则仕"就是在说这个道理。

    中国人对科举的感情，是何等地深厚与复杂。时至今日，都无法忘却，眼下很多中国学生死读书，仍然有一些学校追求升学率，搞应试教育。也还会有读书不成考学不顺的人情绪失控，让人叹惋。

[兔和猫 导读]

情节回顾

1. 这篇动物题材小说以小见大,似浅实深,既体现了别具一格的童趣和可爱,也对国民存在的深层问题进行剖析,表现出作者对社会现实的思考。小兔子、鸽子、狗、苍蝇、乌鸦、喜鹊、黑猫。除了小兔子、鸽子、狗,苍蝇也是"我"喜欢并同情的对象,文章详细地记叙了它们遇害的经过,表达了"我"的愤慨与不平。

2. 第一次对狗"三太太吆喝道,'S,听着,不准你咬他!'于是在他头上打了一掌,S便退开了,从此并不咬"。

   第二次对孩子"三太太便对孩子们下了戒严令,从此不许再去捉"。

   第三次对兔子"伊为预防危险起见,便将七个小的都装在木箱中,搬进自己的房里,又将大的也捺进箱里面,勒令伊去哺乳"。

   看起来是为保护兔子,保护弱者,其实她的行为却是粗暴和强行干预的。

3. 可以从大兔子的弱小保护不周、黑猫的凶悍残忍、饲养人的保护措施不够等几方面考虑。

   文中可作为佐证的句子:

   "孩子们笑得响,那小的终于吃惊了,便跳着钻进洞里去;大的也跟到洞门口,用前脚推着他的孩子的脊梁,推进之后,又爬开泥土来封了洞。

   从此小院子里更热闹,窗口也时时有人窥探了。"

   "再看旧洞口,却依稀的还见有许多爪痕。"

这爪痕倘说是大兔的，爪该不会有这样大，伊又疑心到那常在墙上的大黑猫去了，伊于是也就不能不定下发掘的决心了。"

"孩子们自然大得意了，嚷着围住了看；大人也都围着看；还有一匹小狗名叫S的也跑来，闯过去一嗅，打了一个喷嚏，退了几步。三太太吆喝道，'S，听着，不准你咬他！'于是在他头上打了一掌，S便退开了，从此并不咬。

可恶的是一匹大黑猫，常在矮墙上恶狠狠的看，这却要防的，幸而S和猫是对头，或者还不至于有什么罢。"

作品理解

1. （1）三太太偏颇地爱小兔，一面任由主观意志怨恨大兔，一面憎恶以强凌弱的黑猫，一面又对其他动物粗暴；（2）母亲爱兔的同时对猫心怀仁慈，她不问是非曲直，宽厚、容忍地对待一切，哪怕是作恶的人也如此。（3）"我"对兔和猫的斗争态度始终清晰明朗，对白兔就是爱，对黑猫就是憎，"我"不会仁慈手软、不会退缩，更不会半途辄止，只因它的恶。

2. 大小黑白的鲜明对比，也是强弱，光明与黑暗的对比，也隐喻着社会阶级的对比和差别，弱肉强食的残酷现实始终不可避免。

3. 一是"曾经有过的灾难被忘却了"。人们很快就忘记小兔的死，忘记黑猫的恶，也忘记曾经对黑猫的憎。

二是这种自然现象引起作者的悲剧意识，勾出悲剧感受。这些弱者，平凡渺小，生命消失时是悄无声息的，就像从未存在过一样，以上种种无不透露出卑微生命的悲哀。

三是弱小者面对将生命"毁得太滥"的强者，无可奈何又无力自保。

沉淀思考

1. 回答不拘一格，有理有例即可。
2. 那只黑猫正在"矮墙上高视阔步"，以显示它得意之色。让人联想到作者鲁迅生活的时代，广大中国人民正像那些瘦弱的小白兔，他们渴望有自己的些小的生存空间，希望能够安居乐业，繁衍后代。然而，像"大黑猫"一样的帝国主义和封建军阀，是不会让人民大众安定地生活下去的。

   那么是否鲁迅写了恶猫吃弱兔的故事，也是在婉转呐喊着警示人们这个残酷的事实呢？即便最弱小的民族，也总是会有觉悟者起来造反的。尽管这种造反可能不过是"转移兔窝"，使用"青酸钾"的消极反抗，也要比隐忍着被迫害，麻木的当看客和做无原则无立场的博爱助弱者要好。

[鸭的喜剧 导读]

情节回顾

1. 这篇小说取材于俄国盲诗人爱罗先珂1922年在北京时的生活片断。爱罗先珂是一位常用世界语写作的盲诗人，他的童话久负盛名。爱罗先珂曾先后游历日本、泰国、缅甸、印度。1921年在日本时因参加"五一"游行而遭迫害并被驱逐出境，辗转来华，旅居于上海、哈尔滨、北京。1922年年初，应北京大学之邀，来该校授世界语，又曾在北京世界语学校任教，这期间他借住于周氏兄弟（鲁迅和周作人）八道湾寓所。在北京期间，爱罗先珂创作了一篇题为《小鸡的悲剧》的小说，用以寄托自己的理想。这篇小说写一只小鸡抱着幻想，要像鸭子一样地游泳，结果下水后却被淹死了。爱罗先珂对小鸡的悲剧充满了怜爱与同情，他以小鸡的悲惨遭遇寄托自己理想不能实现的悲哀。作者鲁迅则以对称的方法构思了这篇小说。

2. 他"买到了十几个科斗子。他买来便放在他窗外的院子中央的小池里"。他希望通过养蝌蚪长成青蛙，在夏夜有池塘里的蛙鸣来给寂寞的生活添些情趣，把它们"养成池沼的音乐家"，从而也让自己践行了"自食其力"的主张。

作品理解

1. 本文中出现的人物除了有爱罗先珂，还有仲密夫人，仲密夫人的存在在本文中和爱罗先珂形成了很好的呼应和对比，爱罗先珂君"劝伊养蜂，养鸡，养猪，养牛，养骆驼。后来仲密家果然有了许多小鸡，满院飞跑，啄完了铺地锦的嫩叶，大约也许就是这劝告的结果了"。也是仲密夫人养鸡又死鸡的事件触动了诗人的内心，所以他写了《小鸡的悲剧》，但这个生命的悲剧对于诗人来说却是他创作的灵感激发，所以对他本人来说也许是有用有益的。是小鸡的悲剧，是仲密夫人的悲剧，却不是他的悲剧，但是鸭子们把他的蝌蚪吃掉，断送了他养成池塘音乐家破除寂寞生活的愿望，对他来说是悲剧，然而鸭子们却得了营养丰富的活食儿，能长得更健康更茁壮，反而是鸭的喜剧。

2. 这里有一种鲁迅文风中驾轻就熟的嘲讽，作为一个盲眼的文化人，爱罗先珂自己的生活恐怕都不能做到自理自足，但是却劝诫别人自食其力，种田，畜牧。而且从养蜂到养骆驼，饲养物种越来越大，难度系数越来越高，也是让人啼笑皆非得越来越厉害。在这里鲁迅恐怕也是在表达一种对知识分子不接地气的小资情调和不切实际的理想主义的不满和嘲讽。

3. 蝌蚪的悲剧却是小鸭的喜剧，也暗示了爱罗先珂的愿望和理想根本不可能实现，最终只能寂寞地生活和无声地离去。

4. 遍地音乐的缅甸之夜的生意盎然，反衬出"连蛙鸣也没有"的北京夏夜的寂寞荒凉，"我"因习以为常对环境感觉的迟钝，反衬出盲诗人的敏感，对"俄罗斯母亲"的渴念，反衬出盲诗人对中国的不满和失望；鸭子在"沙漠"上的叫声，反衬出比无声更"寂寞"的世界。

5. 文中许多地方有象征意义。"沙漠"是社会现实的象征，而北京"只有冬夏没有春秋"，这也可以理解为不只是指自然气候，而含有双关意义，即也隐喻着社会两极分化，处事极端。作品的结尾，更是像写意画，寓意深远。

沉淀思考

1. 欢喜的是鸭，但是悲惨的是蝌蚪，无奈的是人，爱罗先珂在池中放养蝌蚪想听蛙鸣，后又收养小鸭，结果蝌蚪被鸭吃光，这种戏剧性的结局使旁观者八卦心满足，是看客的喜剧，却是生存竞争、弱肉强食的生命规律所折射出的社会现象悲剧。爱罗先珂的愿望理想被打击，而且所有善意美好的出发点却注定了不可能实现，只能面对残酷的现实而最终让人逃离和回避。这也是一种理想和现实的冲突和不可调和。爱罗先珂君盲人的人设恐怕也预示了一些文化人的理想主义和自我认知（我以为）是多么地不接地气不现实，他们就像盲人一样从来看不到现实社会的残忍和艰难。

事实上，这篇小说也的确不像一篇小说，只是鲁迅想把它收在自己的小说集里发表而已。他很真实地记录了俄国盲诗人爱罗先珂在八道湾周家居住的状况，当时爱罗先珂的确写了《小鸡的悲剧》，周家也发生了养鸭子的事件，因为正是这些鸭子，在周氏兄弟之间肇下了祸端：羽太信子（周作人的夫人）不但骄傲地出大价钱买了这些鸭子，还用比大鱼大肉贵几倍的，从日本进口的专门食品，来喂这些鸭子，而周氏兄弟那年头，欠薪都很厉害。鸭子的事情，实际上伤害了兄弟感情，也就不可避免地伤害鲁迅对盲诗人的热情。所以，恐怕方方面面来看都是悲剧，除了站在活下来的鸭子的角度来看是唯一的喜剧了。

2. 三太太是《兔和猫》中的主要人物形象，小说生动地刻画了她对白兔家族的爱护。刚买回一对白兔时，她严防小狗和黑猫，生怕白兔受到伤害。到生小兔时，下戒严令，禁止孩子们捉白兔来玩耍。待新生的小兔久不见踪影，大家也都忘却了时，她却疑心是遭了黑猫毒手，在偶然得到证实后感到气愤、失望和悲凉。对于三太太爱护小兔的刻画，最传神的当属其"麻烦养兔法"——在她发现白兔又生了七只小兔后，小说中有如下一段描写：

"三太太从此不但深恨黑猫，而且颇不以大兔为然了。据说当初那两个被害之先，死掉的该还有，因为他们生一回，决不至于只两个，但为了哺乳不匀，不能争食的就先死了。这大概也不错的，现在七个之中，就有两个很瘦弱。所以三太太一有闲空，便捉住母兔，将小兔一个一个轮流的摆在肚子上来喝奶，不准有多少。"

透过这段描写，我们可以发现三太太的一个特质：对弱者无条件、无限度的关爱。她不仅痛恨黑猫，而且对哺乳不均的大兔也颇为不满，在强者与弱者之间，她心灵和行动的天平总是向着弱者倾斜。她虽然有锄强扶弱的一面，但却没有鲜明的爱憎，对小兔的爱护近乎溺爱。对三太太偏执近溺的爱，鲁迅借文中的母亲之口对其提出了一定的批评。

母亲这个角色在《兔和猫》中出现得并不多，但代表了一种与三太太截然不同的爱的范型。全文涉及母亲的部分有三处：

"我的母亲也很喜欢他们家族的繁荣，还说待生下来的离了乳，也要去讨两匹来养在自己的窗外面。"

"母亲对我说，那样麻烦的养兔法，伊历来连听也未曾听到过，恐怕是可以收入《无双谱》的。"

"我的母亲是素来很不以我的虐待猫为然的，现在大约疑心我要替小兔抱不平，下什么辣手，便起来探问了。"

可以看到，母亲太修善、宽容、大度，不仅对白兔抱有怜爱之情，对黑猫也有着难得的恻隐之心。她代表了另外一种典型的爱的范型，一种宗教式的慈悲与怜悯。面对当时黑暗的社会环境，鲁迅对此显然是无法认同的。

在《鸭的喜剧》中，爱罗先珂的爱与《兔和猫》中母亲的爱一样，是一种无所不包的宽容与大爱。文中爱罗先珂来到北京之后，为了驱散沙漠似的寂寞，为了追求自然和自食其力，爱罗先珂先后在院子里养了蝌蚪子、小鸡和小鸭等，尽其所能地照顾它们。文中多处写到他对动物由衷的喜爱，然而这种无所不爱的结果却不如人意，小鸡"满地飞跑，啄完了铺地锦的嫩叶"，在大家都没注意的间隙里，小鸭跳进荷池搅浑了池水、吃光了蝌蚪。最后，连爱罗先珂也离开了北京，没有消息，"只有四个鸭，却还在沙漠上'鸭鸭'的叫。"爱罗先珂式的大爱不仅没有驱散在沙漠上似的寂寞，反而造成了鸭的喜剧即蝌蚪的悲剧，鲁迅用这种戏剧性的结果对爱罗先珂式的大爱提出了委婉的批评。

在鲁迅看来，母亲与爱罗先珂的慈悲既无济于黑暗的现实，也无法改变弱者受到欺凌的命运。

两篇小说中的"我"则代表了另外一种爱的范型。首先，"我"有着对弱者的悲悯。在《兔和猫》中，三太太奉行"麻烦养兔法"

后，白兔的家族更繁荣了，大家也又都高兴了，然而"我"显然不属于"大家"之列：

"但自此之后，我总觉得凄凉。夜半在灯下坐着想，那两条小性命，竟是人不知鬼不觉的早在不知什么时候丧失了，生物史上不着一些痕迹，并S也不叫一声。我于是记起旧事来……然而我向来无所容心于其间，而别人并且不听到……

假使造物也可以责备，那么，我以为他实在将生命造得太滥，毁得太滥了。"

在"我"看来，无论是白兔、小蝌蚪还是小鸭，都充满了勃勃的生命意趣，"我"也对它们喜爱有加。当这些弱小的动物受到损害时，我感到悲凉，同时也陷入深深的思考。在《兔和猫》中，"我"责备造物将生命造得太滥也毁得太滥，面对黑猫给白兔家族带来的伤害，"我"决定用青酸钾毒害黑猫。但在这之前我已经想到：

"造物太胡闹了，我不能不反抗他了，虽然也许是倒是帮他的忙……"

"我"心里很清楚，若是将黑猫毒杀，虽反抗了造物的"毁得太滥"，但却无形中帮他"造得太滥"，"我"虽然是爱憎分明的，但是如何真正地使弱者避免被滥造滥毁的悲惨命运，"我"并不能给出答案，因此鲜明的爱憎中又包含着深刻的矛盾。这种矛盾在《鸭的喜剧》中也有所体现。虽然在《鸭的喜剧》中并没有"我"的心理活动，也没有直接写明"我"的态度，但通过"鸭的喜剧"即"蝌蚪的悲剧"这一戏剧性的情节，还是折射出对造物太滥的责备，对此"我"虽然否定了爱罗先珂，但却依然无计可施。这与《兔和猫》中"我"的矛盾是一脉相承的。不同的是，在《鸭的喜剧》中，小鸭和蝌蚪都是无辜的弱者。

"我"代表着第三种爱的范型,有着悲悯的情怀而且爱憎分明,似乎代表着理性且完美的爱的方式。但就算是"我",也难以找到爱弱者最好的办法。

鲁迅在《而已集·小杂感》中说过:"创作总根植于爱。"这句话道出了"爱"在其创作中的根基性意义。钱振纲认为:"鲁迅在早、前期,始终具有人道主义思想……但直到1918年给许寿裳的信中谈到'大约将来人道主义终将胜利'时,鲁迅才直接提出了人道主义概念和明确表明自己是一个人道主义者。"(1)如果说平等自由是鲁迅人道主义的基本道德原则的话,那么,相爱相助则是其最高道德原则。(2)钱振纲将人道主义作为鲁迅早、前期思想的一个侧面,并提出相爱相助是鲁迅人道主义的最高原则。这个观点为本文深入分析《兔和猫》与《鸭的喜剧》的主题提供了启发。普世意义上的人道主义和弱者之爱常成为解读这两篇小说的关键,但通过本文前面的分析,可以知道这种解读并未深入具体地触及这两篇小说的真正主题。鲁迅在这两篇小说中展现了三种爱的范型,但他之所以要建立这三种范型,并非是简单地表现弱者之爱,而是要表现更深层次的对于爱的思索。这种思索是在矛盾与迷惘中进行的,是对于如何去爱的深入思考。

两篇小说写作于1922年,距离鲁迅直接提出人道主义概念和明确表明自己是一个人道主义者已过了近四年。一方面,鲁迅赞美爱罗先珂的赤子之心与博爱情怀,他在翻译的《爱罗先珂童话集》中这样写道:"我觉得作者所要叫彻人间的是无所不爱,然而不得所爱的悲哀。"显示了他与爱罗先珂在精神上的共鸣。另一方面,面对着黑暗与残酷的现实,鲁迅又深感这种无所不爱的精神宛若一座空中楼阁,是无法建成的乌托邦。这种复杂的思想构成了这两部以动物为题材的小说温情表象下的矛盾潜行。

这两篇小说一起以动物为焦点，辐射出三种爱的范式，显然鲁迅对于三太太式的偏执之爱、爱罗先珂和母亲式的无所不爱都是持否定态度的。而文中的"我"对弱者有着真挚的热爱、对造物有着清醒的认识，但是却不能找到合适的解决办法，只能提出委婉的讽刺或者通过毒杀黑猫暂时制止造物的滥毁。乍一看，这两篇小说中都充满了不同人对弱者深切的同情与爱护，但这并不是鲁迅最想要表达的主题，他是要寻找一种正确的爱的态度和爱的方式——面对造物的滥造和滥毁，面对来自自然和社会的多重伤害，如何使幼弱者得到保护。但是在《兔和猫》中，"我"对造物的滥造深感无力，在《鸭的喜剧》中，也不能改变沙漠似的寂寞。

《兔和猫》与《鸭的喜剧》有一以贯之的主题，即人道主义的一个侧面——爱，但并非是简单明了的弱者之爱，而是在矛盾复杂的心绪中探讨如何去爱。虽然"我"否定了无所不爱，选择了锄强扶弱，但同时又担心这种偏向会放任造物的滥造。这种温柔表象下的矛盾潜行，这种在复杂的心绪中对"如何去爱"的不断思索是鲁迅思想中非常重要的一环。

鲁迅在《且介亭杂文二集·七论"文人相轻"——两伤》中写道："在现在这可怜的时代，能杀才能生，能憎才能爱，能生与爱，才能文。"足见"爱"在鲁迅思想体系中的重要担当。关注《兔和猫》与《鸭的喜剧》，我们可以看到鲁迅对于"爱"以及"如何去爱"这一问题的思索中复杂而曲折的一环，鲁迅正是在这种矛盾中不断前行的。

[社戏 导读]

情节回顾

1. 民风淳朴的乡村，对一个在封建家庭中生长、受各种规矩束缚的孩子来说，确实是快乐自由的天堂。作者作为客人，"在这里""得到优待"，钓到虾"照例是归我吃"，小伙伴们对"我"无微不至地体贴照顾，"看社戏"一节这种友爱和照顾表现得淋漓尽致；在这里"我"可以免念那些陈腐无用的经书，而且也没有那么多规矩可蹈，即使"打了太公"，全村"也决没有一个会想出'犯上'这两个字来"，对于自幼就压抑在封建道德秩序中的"我"而言，这样的自由是一种多么宝贵的享受；而且在农村可以亲近大自然，"掘蚯蚓""钓虾""放牛"，相对于城镇宅院中的"我"那种受束缚的生活而言，无疑是新鲜有趣极具魅力的了。

2. 答题思路可以先归纳出人物形象特点，例如，双喜：聪明能干、心细如发、热情、机灵、善于为他人着想，然后再结合具体细节情境，组织语言，完整回答。

   以六一公公为例：

   六一公公是淳朴乡民的形象。六一公公对于孩子们偷他的豆，只是责备"不肯好好的摘，踏坏了不少"，听说摘豆是为了请客，马上说"这是应该的"，他并不是吝啬的人；后来他又亲自送豆，表现了他热情好客的性格。"我"夸了他一句，"竟非常感激起来"，体现了他的老实厚道的农民本色。至于他夸"我""读过书""将来一定要中状元"之类的话，只不过像今日夸某个孩子聪明，将来一定能考上好的大学一样。也有观点认为六一公公虽是个好人，但是有农民的局限。他夸"我"的话，表明他意识深处受封建礼教的影响，这在当时也是难免的。

3. 开放题，言之有理即可。如："偷"反映了小伙伴们的诚恳待客的热情；"偷"显示了小伙伴们纯洁无私的心；"偷"反映了小伙伴们周到细致、天真纯朴的天性。

作品理解

1. 合理。看社戏只是全文的线索，作者要表现的是"我"与农家少年的美好友情和他们纯朴的品质，而看社戏前后的情节正是表现这一主题的重点。

2. 去程作者从多角度进行了描写，视觉：月色便朦胧在这水气里；嗅觉：两岸的豆麦和河底的水草所发散出来的清香；触觉：夹杂在水气中扑面的吹来；听觉："那声音"指的是歌吹；"他"指的是歌吹。表现了我去看戏途中急切、喜悦、兴奋的心理。回程，写美丽景色用以衬托船航行得快，表现出农家孩子划船技术的高超。

   这两段文字用移步换景的方法，在描写景物时，随着人物的行踪，景物也发生了不同的变化。描写了孩子们月夜出航中所见的江南水乡美丽图画和"我"的陶醉之感，充满着浓郁的抒情气氛。在这些描写中，融进了作者的感情，写出了诗情画意，优美的景物烘托了欢乐的气氛，衬托了孩子们的迫切心情，并陶醉于笛声中的美妙感觉。

沉淀思考

1. 小说的第一部分通过描写"我"在大都会看京戏的描写，展现了那里丑恶龌龊窒息的社会景象和庸俗冷漠自私的人情人际关系。城市剧场里喧闹嘈杂，拥挤不堪；名角摆架子，久盼不出，令人失望；胖绅士目中无人，俗不可耐，呼呼喘气，使"我"苦不堪言。"我向来没有这样忍耐的等候过什么事物，而况这身边的胖绅士的呼呼的喘气，这台上的冬冬喤喤的敲打，红红绿绿的晃荡，加之以十二点，忽而使我省悟到在这里不适于生存了。"作者用这段话总结了第一部分描写的内容及内心的感受，最后进一步强调对于都市京剧舞台的告别：从此"漠不相关，精神上早已一在天之南—在地之北了"。由此，小说描写的视角是"我"对都市戏园情景气氛及人际关系的厌恶和不满，重点落在"我"的心灵感受及审美评价上：此种环境气氛及人情人际关系不适合于"我"的生存。

小说的第二部分所描写的则是另一种迥然相异的环境气氛及人情人际关系。这里有美的自然环境，有美的生活情趣，有美的人际关系，有美的人情意味。乡下的生活充满无限的生机和情趣，掘蚯蚓钓河虾，饱餐一顿，有迷人的月夜出航，小朋友合烧吃罗汉豆的活动，使"我"无比欢快，心旷神怡。这里的写景叙事绘人，同样聚焦于"我"的心理感受和审美追求：向往热情友好、淳朴温厚的人际关系，憧憬正直无私、美好和谐的人情味和人性美。真与假、美与丑、善与恶相比较而存在，相斗争而发展。作者抨击都市剧场，盛赞农村社戏，所潜心抒发的正是他对真善美的追求，对假恶丑的憎厌。

通过"我"在京都看京戏与在农村看社戏两种情景、两种感受的对比，表达了"我"对热情友好、平等和谐的人情人际关系的向往。

2. 略。

3. 解读示例

第一：北京戏园

虽然《社戏》的主题是鲁迅小时候的见闻，但是小说开篇并不是以小时候的故事作为切入点，而是先描写了鲁迅成年以后的一次听戏遭遇。鲁迅被朋友邀请去北京看戏，说北京的戏是全天下演得最好的，仅仅这里就已经能够看到鲁迅真正想要表达的第一个深意。民国时期，北京是中国政治文化中心，士绅官吏以北京为最，鲁迅巧借戏园子来挖苦北京的官员们最会"演戏"。

第二：家乡社戏

鲁迅笔下的孩子永远都是纯洁无私的，无论是少年闰土还是社戏中要偷自己家罗汉豆的小伙伴，鲁迅永远把孩子们描写得无私正直，把大人描写得奸诈麻木。在听社戏的过程中，自始至终没有让人感兴趣的地方，大家都昏昏欲睡，正好这时戏里演到一个小丑被老生用马鞭抽打，所有人才哄堂大笑振作起精神，这个只有十几个字的细节描写，却一言道尽了人性的丑陋和中国人爱看"悲剧"的病态心理，这也是鲁迅在其他作品中大肆批判的心理特征。

第三：六一公公的称赞

作为一个老实的庄稼汉，六一公公以种地卖罗汉豆为生，但是乡下人并不喜欢，销量也不好，而当六一公公问到鲁迅罗汉豆是否好吃时，鲁迅回答得很好，这么简单敷衍的一句话，正因为是从城里人嘴里说出来，让这个乡下农民感激涕零，一边骂乡下人不识货，一边又去给鲁迅家送新鲜的罗汉豆，还在鲁迅的母亲面前狠狠地夸赞鲁迅一番，但鲁迅再也吃不出和孩子们在一起时那种"幸福快乐"的味道。

第四：读书与童趣

鲁迅在《社戏》中对自己的一个非常直接的讽刺，就是自己只知道读书，而双喜等乡下孩子却几乎"无所不能"，这种对生活充满乐趣并且有无限活力的孩子们，把乡下的日子过得有滋有味，反而是鲁迅这个从城里来的富家少爷，却几乎什么都不会，面对不能看戏时的窘境，他除了委屈生闷气以外，别无他法，反倒是双喜他们每次遇到困难都有主意，这让鲁迅非常钦佩。

图书在版编目（CIP）数据

呐喊 / 鲁迅著 .—北京：作家出版社，2024.1
（中学生名师导读文库）
ISBN 978-7-5212-0997-6

Ⅰ.①呐… Ⅱ.①鲁… Ⅲ.①鲁迅小说—小说集
Ⅳ.① I210.6

中国版本图书馆 CIP 数据核字（2020）第 095832 号

呐喊

作　　者：鲁　迅
主　　编：翁　莉
导　　读：凌　晟
责任编辑：李宏伟　秦　悦
装帧设计：孙惟静
出版发行：作家出版社有限公司
社　　址：北京农展馆南里10号　　邮　　编：100125
电话传真：86-10-65067186（发行中心及邮购部）
　　　　　86-10-65004079（总编室）
E-mail:zuojia@zuojia.net.cn
http://www.zuojiachubanshe.com
印　　刷：三河市北燕印装有限公司
成品尺寸：165×240
字　　数：199千
印　　张：13.75
版　　次：2024年1月第1版
印　　次：2024年1月第1次印刷
ISBN 978-7-5212-0997-6
定　　价：48.00元

作家版图书，版权所有，侵权必究。
作家版图书，印装错误可随时退换。